FATAL ERROR

Fatal Error

MICHEL DE OLIVEIRA

© Moinhos, 2021.
© Michel de Oliveira, 2021.

Edição: Camila Araujo & Nathan Matos
Assistente Editorial: Vitória Soares
Revisão: Ana Kércia Falconeri
Capa: Sergio Ricardo
Projeto Gráfico e Diagramação: Luís Otávio Ferreira

Nesta edição, respeitou-se o Novo Acordo Ortográfico da Língua Portuguesa.
Dados Internacionais de Catalogação na
Publicação (CIP) de acordo com ISBD

O48f
Oliveira, Michel de
Fatal Error / Michel de Oliveira. – Belo Horizonte : Moinhos, 2021.
144 p. : il. ; 14cm x 21cm.
Inclui índice.
ISBN: 978-65-5681-086-7
1. Literatura brasileira. 2. Contos. I. Título.
2021-2569   CDD 869.8992301   CDU 821.134.3(81)-34
Elaborado por Odilio Hilario Moreira Junior – CRB-8/9949

Todos os direitos desta edição reservados à Editora Moinhos
www.editoramoinhos.com.br
contato@editoramoinhos.com.br
Facebook.com/EditoraMoinhos
Twitter.com/EditoraMoinhos
Instagram.com/EditoraMoinhos

5

Três destinos antes do começo	10
Conexão íntima	14
Unfollow	17
Touch screen	22
Temporada de caça I	25
Revenge porn	29

4

Quem procura acha	36
Inaptos	40
Gametas	43
Maternar	46
Cadela	49
Peças de reposição	53
Sem sinal	56
Ressurreição	62

3

Débito	68
Escolhas	70
Ao vivo	77
Um caso difícil	82

2

RH+   98
O cocô foi superado   104
Overdose   107

1

Temporada de caça II   116
Pós-Sul   118
Dia de branco   122

0

Ser e não ser   128
Fora do vidro   132
Distúrbio ficcional   135
Terrorismo pacífico   138
Logout   141

E se o mundo acabou e ninguém percebeu?

Coisas ainda mais banais que o amor
Ana Mohallem e Dindi Coelho

5

Três destinos antes do começo

Corrida I

Bateu a porta com força quando entrou no carro. Colocou a bolsa sobre o banco, aliviando o peso no ombro. A pele começou a resfriar, acalmando o abafado da noite. À medida que a fina camada de suor dissipava, sentia o corpo relaxar. A luz do smartphone destacava o rosto, na penumbra do banco traseiro.

Os olhos se cruzaram em outra superfície, no pequeno espelho do retrovisor central, quando desatentou da tela e percebeu que o carro não era conduzido por um autômato. Foi só nesse descuido que observou os clarões dos faróis e as sombras de fora projetadas na pele alva.

Não trocaram nenhuma palavra. Voltou os olhos para a tela.

Quando desceu, bateu outra vez a porta.

Deu cinco estrelas pelo silêncio.

Corrida II

Esperava no meio da pequena sombra, único ponto sem sol na entrada do prédio. As gotas de suor não escorriam na testa porque eram absorvidas pela barra do turbante. A pele luzia com o vapor exalado pelo corpo.

O carro se aproximou, ela entrou rápido. Mais uma vez, bateu a porta com força.

A motorista deu boa tarde e, ao contrário da primeira corrida, quando estava entretida no smartphone, respondeu ao cumprimento.

Os olhos no espelho retrovisor revelaram a coincidência.

– É a primeira vez que viajo com o mesmo motorista. Aliás, mesma.

– Não é comum pegar passageiro duas vezes seguidas.

Viu o sorriso de dentes alvos pelo espelho.

O que os olhos conseguiam alcançar do banco de trás era um pedaço do pescoço, o cabelo loiro amarrado num coque alto, frouxo, a ponto de desenrolar. Conseguia ver também a ponta do ombro e o movimento do braço, manobrando o volante com os dedos curtos, que acabavam em unhas pintadas de roxo. Nas curvas, era possível observar de relance a ponta do nariz, fino e altivo. A depender do movimento, descobria no retrovisor um canto de boca, o arqueado das sobrancelhas, o azul claro dos olhos.

Não demorou a chegar ao destino. Desceu pensando no acaso daquele segundo encontro com a motorista, de quem conhecia um pedaço do lado direito.

Deu cinco estrelas e escreveu um elogio: motorista prudente e responsável.

Corrida III

Não seria demais atribuir as coincidências aos algoritmos, acontece que ninguém consegue explicar nada, nem mesmo os números. Quase não a reconheceu, uma vez que sentou no branco da frente, mas quando a motorista virou um pouco de lado para olhar o retrovisor, identificou a curva do nariz; confirmou quando viu a projeção dos olhos azuis no retrovisor.

— É a terceira corrida com você.

Freou o carro por causa do sinal vermelho. Pela primeira vez, os olhos se encontraram sem o intermédio do espelho. As íris negras fizeram eclipse na claridade azul. A motorista sorriu ao reconhecê-la, mas nem foi por identificar a boca carnuda e o nariz ofegante, dela se lembrava do cheiro fresco, de alguma essência desconhecida. Naquele instante, soube que emanava dos cabelos, aquela escultura de minúsculas espirais, exibidos desnudos.

— Isso nunca aconteceu. Ao menos não que tenha me dado conta.

— Dirige há quanto tempo?

— Pouco mais de um ano.

De perfil, a motorista era tão bonita quanto de costas. Sentada ali, ao lado, dava para perceber o relevo embaixo da camiseta de algodão, os braços fazendo coreografia no volante, dessa vez as unhas sem esmalte. As coxas justapostas num jeans escuro.

Não sabia o que conversar, mas queria. Mordeu a dobra do dedo, depois ajeitou o cabelo. Pensou em todas as coisas que poderia dizer, tudo parecia insuficiente e desnecessário.

— Contei a uma amiga da coincidência, que viajei com a mesma motorista duas vezes — fingiu ajeitar o cinto. — Disse que isso nunca aconteceu com ela, só tem pegado veículos conduzidos por autômatos. Preciso contar que te encontrei pela terceira vez.

— Pode ser um sinal.

— Verde ou vermelho?

– Amarelo.
Riram e voltaram ao silêncio. Não sabia se tinha entendido. Também não podia perguntar. Amarelo?
A voz do GPS avisou que o destino estava à direita. A motorista ligou a seta para estacionar.
– Até a próxima – disse, antes de descer.
– Até logo – a motorista sorriu.
Desceu e não bateu a porta.
Enquanto esperava o elevador para chegar ao escritório, pensava nas coincidências, nos sinais. Abriu o aplicativo, avaliou mais uma vez com cinco estrelas, pensou em deixar um elogio, falando qualquer coisa amarela, depois verde. Desistiu. Preferiu mandar uma mensagem pelo aplicativo, informando que esqueceu algo importante no carro.

Conexão íntima

Foi no primeiro encontro, depois das mensagens de texto e de áudio. Conexão instantânea: mesmos interesses e gostos. Nem trocaram nudes, foram direto para a etapa final.

Ela se apressa em inserir o plug. É um tanto incômodo, mas logo acostuma com o corpo estranho inerte dentro dela. Ele, carente de coordenação motora fina, demora mais tempo que o necessário para instalar, vestir, colocar, qual a melhor palavra para descrever a ação? Ele não sabe. Acha um pouco folgado, ainda não está no ápice.

Não fosse a ausência do resto do corpo, ele poderia dizer que a sensação é igual à de penetrar carne que não seja sintética. Claro que falta o aroma, mas textura e temperatura são idênticas. Com o gel lubrificante que vem no kit, o efeito é o de mulher no auge da vontade.

Quando começa a funcionar, o estranhamento que ela sentia dá lugar aos arrepios iniciais. É ele, está dentro dela, adaptado automaticamente ao diâmetro e comprimento do outro lado da tela. Até mesmo a pulsação interna o plug simula com perfeição.

Os movimentos que ambos realizam são transmitidos pelo plug. Se ele quiser algo diferente, como aumentar a pressão, é só pedir que ela contraia a buceta. Para ela, do mesmo modo, é só dirigir a velocidade, isso, assim, não para, vai.

É um excelente exercício para treinar o diálogo e a expressão da vontade. O desafio, para ele, é cumprir a promessa inicial de sincronizar o orgasmo. Mais difícil do que imaginou, porque ela mexe a pélvis de maneira compassada, a fricção é tão prazerosa que, mesmo fechando os olhos, fica difícil não explodir em porra.

Se soubesse que seria assim intenso, teria se masturbado na hora do almoço. Não quer passar vexame, ser acusado de ejaculação precoce. E não pode pedir para ela ir mais devagar, o que pensará? Que é desses fracos que não conseguem controlar o próprio gozo?

Então ele lembra de calcinhas beges, axilas peludas, pensa em Roberto, do escritório, logo desvia o pensamento para boletos, porque Roberto tem aquela bunda marcada na calça social, dura e redonda. Não, Roberto não. Dona Maria do café, isso, murcha, um sorriso de cansaço, os dentes mastigados pelos anos. Dona Maria é uma boa imagem, com ela vem o uniforme, a falta de vontade de viver e o café sem gosto.

Ele se sente satisfeito com o autocontrole. Ela sussurra nos fones, intensa: mais fundo, isso, vai, não para, tô quase. Pode voltar a pensar em Roberto, também em Cibele, a recepcionista, pode excitar-se com o próprio pau, em cada estocada no plug, vigoroso.

Ela, com as pupilas dilatadas em frente à tela, ofega, e já não consegue formular palavras. Apenas geme, balbucia algo incompreensível. Contrai a buceta tão forte que ele não segura mais, extravasa, sentindo aquele tremor se alastrando pelo corpo, uma onda elétrica forte e intensa. Ela também.

Nunca assistiu nada parecido: o corpo dela em ebulição, olhos a ponto de sair das órbitas, se tremendo toda, quase em convulsão, seguida de um grito, e cai desfalecida, os braços pendurados, o pescoço mole, largado no encosto da cadeira.

Ele respeita o silêncio dela. Levanta para ir ao banheiro pegar papel higiênico. Enquanto caminha, a última gota de porra pinga na coxa. No corpo, o êxtase de ser macho.

Quando retorna, minutos depois, ela continua imóvel, na mesma posição.

Unfollow

@marvinho curtiu três fotos de @enzoo, ele retribuiu com uma curtida na última foto que @marvinho publicou no feed, um cenário meio conceitual, tipo muro descascando. @marvinho curtiu mais cinco fotos de @enzoo, incluindo uma publicada há quatro semanas, ele sem camisa, na praia, depois de fazer flexões e abdominais para ressaltar os músculos. @enzoo começou a seguir @marvinho, que seguiu de volta dois dias depois, para fingir que não estava tão interessado, apesar das curtidas nas fotos antigas.

Continuaram curtindo as fotos recentes e visualizando os stories, até que @marvinho teve a iniciativa da primeira mensagem, na realidade um comentário no story de @enzoo num parque aquático, prendendo a respiração antes da foto para diminuir a barriga. Lindooooooo, @marvinho escreveu. @enzoo respondeu com um coração. A conversa terminou nisso.

Só voltaram a se falar dias depois, quando @marvinho foi ao shopping e postou um selfie no story, coisa que ele fazia pouco, sempre com fotos abstratas, ângulos inusitados e temas conceituais.

Nenhum defeitoooooo

:)
Assim fico até com vergonha

Vergonha de quê?

> Nossa, é que você é muito gato
> Te admiro demais
> Seus stories e selfies são muito motivadores

A resposta não poderia ser mais perfeita para conquistar @enzoo, que naquela noite enviou uma foto só de cueca para @marvinho, ajeitando o pau antes do clique para que ficasse posicionado de maneira estratégica. @marvinho retribuiu com uma foto de samba-canção, desfocada e escura, mas @enzoo mentiu:

> Gostosoooo

No sábado, combinaram de se encontrar na praça de alimentação do shopping, em frente ao McDonald's. @marvinho chegou primeiro, bermuda jeans, camiseta azul marinho, tênis de mola com meia branca. @enzoo só apareceu 17 minutos depois, bermuda de sarja cáqui, mocassim marinho, sem meia, camisa manga curta com estampa de lhamas. Quando se abraçaram, o perfume importado de @enzoo ficou impregnado na camiseta de @marvinho.

Almoçaram no restaurante japonês, o combo do dia: temaki + 6 sushis + 6 sashimis de salmão. Riram muito enquanto comiam, @enzoo não sabia usar os hashis, @marvinho tentava ensinar, mas @enzoo sempre derrubava o sushi no pote de shoyu, respingando gotas escuras na mesa de fórmica bege. No final, @enzoo conseguiu comer as duas últimas peças sem derrubar. @marvinho elogiou batendo palmas.

A sobremesa foi um milk-shake do Bob's. Sentaram em frente ao jardim interno do shopping, próximos. E foram se aproximando ainda mais com canudos na boca, o perfume de @enzoo se fazendo sentir mais forte. Tão próximos que o desfecho foi inevitável: @enzoo pegou o iPhone do bolso e fez um selfie com @marvinho. As cabeças muito juntas, perfume, canudos, legenda: sábado massa com @marvinho.

Depois disso, o beijo. @enzoo sabor chocolate; @marvinho, creme. Combinação perfeita, de gostos, tamanho da boca, textura da língua, mãos no pescoço e o perfume de @enzoo que ficava ainda melhor com o nariz rente à pele.

Foi um encontro inesperado, para ambos. Era só um almoço e selfie no story, mas aquele beijo, um encaixe tão perfeito, era sinal de algo mais, de talvez, quem sabe, outras coisas, como: viajar, fotos na praia, criar um perfil juntos, ou melhor, se marcarem como namorados nas postagens, receber likes e, até, o que aconteceu depois, sexo.

O encontro sem roupas merece breve descrição: @enzoo uma Barbie, todo depilado, até o sovaco; @marvinho ao natural, os pelos negros destacando na pele clara. Mas o principal nem foi isso, como o beijo, o encaixe foi preciso. Ar-condicionado no mínimo, mas suaram, e ofegaram, e depois a ducha, e mais beijos.

Tudo tão bom, o cheiro de @enzoo incendiava @marvinho mesmo sem perfume, e queria repetir amanhã, e também na segunda-feira depois do trabalho, mesmo que estivesse cansado, porque @enzoo fazia @marvinho se sentir mais vivo, por dentro as veias se dilatavam a ponto de os músculos se fazerem rijos, porque o corpo quando se enche de vontade não tem como escapar, faz a carne pulsar até desaguar em espasmos.

@marvinho foi ficando viciado naquela sensação, e queria mais. Enlouquecer até perder os sentidos, desfalecer na cama com o coração palpitando, enquanto @enzoo postava no story a foto #AfterSexSelfie.

Três meses depois, a primeira viagem. Gramado, no auge do inverno. Aquela paisagem de sonho, com neblina e hortênsias, cachecóis e narizes vermelhos. Passearam de mãos dadas pela Rua Coberta, beijaram-se à beira do Lago Negro, fizeram o city tour na jardineira para turistas.

Enquanto @marvinho queria fotografar a paisagem, as folhas caídas e as texturas das paredes cheias de musgo, @enzoo se preocupava com selfies, sozinho e de casal, os pratos de comida, os vídeos nos stories da sequência de fondue e das mantas de lã cobrindo as cadeiras nos restaurantes.

Foram três dias lindos, com sexo todas as noites, @marvinho cada vez mais viciado no cheiro de @enzoo. Até postou no feed a foto das folhas amareladas caídas no chão, úmidas pela neblina, com a legenda:

@enzoo você me faz ter certeza que
depois do inverno irrompe a primavera

@enzoo apenas curtiu, não comentou nada, e durante os dias de viagem postou apenas selfies sozinho. @marvinho não estranhou, só ficou incomodado com o silêncio no voo de volta. @enzoo disse que não era nada, estava cansado. Em vez de se aconchegar no ombro de @marvinho para dormir, encostou a cabeça na janela do avião.

Depois daquelas horas trancafiados no avião, não houve mais o cheiro de @enzoo. Tudo acabou com mensagens mal escritas no WhatsApp:

> Não estou pronto pra relacionamento 21:43
> Talvez algum dia a gente volte a se falar 21:43
> Por enquanto não vai dar 21:43

@marvinho não entendeu nada, e entenderia menos ainda se @enzoo fosse sincero e dissesse que terminou porque @marvinho não era fotogênico, sempre saía feio nos selfies, os likes no perfil de @enzoo até caíram depois dele.

Mesmo sem entender, @marvinho chorou. Tentou falar com @enzoo, mas o perfil dele no Instagram desapareceu, a foto no WhatsApp também, tentou DM no Twitter, até e-mail enviou. Quando acabaram as opções, lembrou que o iPhone fazia ligações, clicou no número de @enzoo, mas sequer chamou.

Touch screen

Serendipidade. Foi essa a explicação que ele deu para estarem online no aplicativo de encontros. Ela passava a noite conectada. Ele quase nunca entrava, só conectou àquela hora porque, por algum motivo que não sabia, estava triste e se sentia ainda mais cansado do que em todos os dias.

Ela teve receio de comentar da lua nova, talvez o motivo de ele estar triste; também não falou da regência de Escorpião, que naquela semana favorecia os encontros. Ele não acreditava em destino ou qualquer coisa que não fosse racional, precisava se sentir seguro dos medos por alguns instantes, por isso ela deixou que a serendipidade explicasse tudo.

E não precisou muito para que estivessem desarmados, afinal a tela era boa proteção. Falsa transparência simulada, os cabos todos escondidos, apenas um toque leve na superfície do vidro para excitar ele, que estava cansado, e ela, que queria sentir qualquer coisa além do tédio.

Dos dedos na tela para responder às mensagens veio o indicador ativando a câmera, até dois dedos, de uma só vez, entrando fundo, enquanto ele enchia a mão do próprio ego.

Claro que não demorou muito, mas nem poderiam reclamar. Ainda conversaram depois, ela tentou dizer que acreditava na sincronicidade, Jung, essas coisas. Ele insistia na lógica cartesiana da serendipidade. Mudava nada no final das contas, qualquer resposta era provisória e incompleta, a única ação relevante daquela noite foi que ocuparam os dedos diante da tela.

Terça-feira, ambos online.
Partiu dele a ideia do encontro presencial. Nada de jantar, sorvete, ou qualquer encenação gustativa só para ilustrar a vontade de devoração adiada para depois. Foi prático e direto: encontro de sexo casual. Podia ser na quitinete dele. Ela aceitou, porém preferia que fosse no apartamento dela, sentia-se mais confortável na própria cama, programada para o casal que nunca se concretizou.

Agendado o encontro para a quinta-feira, mais uma vez os dedos escaparam da tela e deslizaram pelo corpo. Tinham vontade de tocar o outro lado, sentir calor e irregularidades epidérmicas. Que os dedos ficassem cegos dentro dela, sem ver no escuro silencioso e úmido. Ela imaginava os corpos cavernosos, também uma lógica de escuridão, porque se desejavam pelas sombras, para descansar os olhos da luminosidade excessiva da tela. De alguma forma, ambos pensavam em morte, por isso o encontro dos corpos seria a possibilidade de qualquer coisa que não sabiam.

Essa esperança de que algo pudesse acontecer fez a vontade crescer, e ela, dedos, ele, pressão, ela, profunda, ele, ritmo, ela, pressa, ele, gemido, ela, suor, ele, espasmos, ela, tremor.

Depois, a ansiedade. Dois dias de espera para conhecer o quarto-sala dela.

Além de tirar as roupas de cima da cama, ela não fez nenhum preparo. Nem mesmo aparar os pelos, ele já sabia deles de assistir o dueto dos dedos e não reclamou.

Também ela estava cansada, tudo o que queria era se cansar mais, na carne, para ter uma real sensação de morte, não somente aquele torpor anestésico que às vezes fazia ela morder a língua para saber se ainda estava em si mesma.

Ela sincronizou o smartphone com a caixa de som na sala. Cigarrets After Sex. Assim que chegou, ele elogiou a música, não olhou para fora da janela, nem acelerou o coração. Estava como sempre, pasteurizado. E mesmo que sentisse vontade, não era nada de impulso. Sentia algo como serendipidade, que parecia uma explicação e não dizia nada, dessas palavras bonitas, ocas, como ele.

Foi dela a ação inicial. Alguma coisa que poderia ser um beijo. A estranheza da saliva, a matéria dos dentes, o movimento da língua, o tremor dos lábios. Aquele primeiro contato foi o ápice do afastamento. Ainda tentaram, é verdade. Ela não saiu da própria aridez, nem ele se revolveu da inércia. Era um afastamento mútuo, o que gerava certo prazer da reciprocidade. Mas precisavam ocupar o tempo, estavam ali, afinal. Então foi dele a iniciativa, algo racional, serendipidade, pois ela logo concordou.

Ela desconectou o smartphone da sincronia com a caixa de som. Sincronia, ela pensou, não sincronicidade. Antes, a senha do wi-fi, para que pudessem ter alguma intimidade. E foi para a cama. Ele ficou sentado no sofá.

Repetiram os gestos das outras vezes. Dedos, a proteção da tela, a segurança da distância, o desejo do corpo inatingível, a vontade da imagem. Aumentaram, de propósito, a altura dos gemidos, a intensidade da respiração ofegante, para que se ouvissem sem necessidade dos fones.

Temporada de caça I

Miga, já baixou o novo app? 19:29

                                            Qual, louca? 19:29 ᴡ

Fatality 19:29
Tá bombando 19:29
Só boy bom 19:29

                                   Chega, vou baixar 19:31 ᴡ

O Fatality está tentando acessar sua agenda
Permitir
O Fatality está tentando acessar sua galeria
Permitir
O Fatality está tentando acessar sua localização
Permitir
Ative o GPS para iniciar o Fatality

submisso_23
altura: 1,77m
peso: 72kg
tribo: couro, fetiche, malhados
preferência: versátil-passivo
status HIV: usando Prep
sobre: cara discreto a fim de curtir uma sacanagem

                                       Inserir foto de perfil

Carrega uma fotografia da barriga trincada.

Passeia pelos perfis, logo é tomado pela frustração: nenhuma novidade, as bichas lacradoras de sempre e os discretos-fora-do-meio, casados.

Envia nudes pelo bate-papo. Recebe alguns de volta.

blz?
que procura?

blz?
curte o quê?

blz?
atv ou pas?

blz?
peitoral top!

blz?
tem local?

blz?
a fim de quê?

Desiste de tentar interagir, está cansado depois de passar o dia alimentando Twitter, Facebook e Instagram, pessoal e das contas que gerencia como social media. A dor nos músculos do pescoço e das costas é tanta que nem entra no Skype para ver se rola algum sexo virtual antes de dormir.

Acessa o Spotify, coloca a lista das mais tocadas no aleatório, conecta ao bluetooth da caixa de som e vai dançando para o banheiro.

Dubla o single de Iggy Pop em frente ao espelho, usando a toalha como peruca. Para esbaforido, observa os gomos da barriga, estão perdendo a definição, precisa ir mais vezes à academia, senão vai perder os likes no Instagram e os boys que consegue nos aplicativos.

Pula a música de Anita feat Lady Gaga feat Pablo feat Inês Brasil, muito poc para o gosto branco-padrão-classe-média-fluente-em-inglês.

– Sorry, bitchies.

Entra no box fazendo lip sync do remix com bordões de RuPaul: "sashay away"... Usa o chuveirinho como microfone. "Shantay, you stay"... A água morna e a música ajudam a liberar a tensão das costas. "Eleganza extravaganza"... Sente-se até mais disposto, pedirá algo para comer no iFood ou no Uber Eats quando sair do banho, depois maratonar uma série na Netflix. "Can I get an amen?"

Interrompe a dublagem quando escuta um barulho estranho vindo da sala.

Apenas impressão. Volta a fazer dueto com a caixa de som.

Ao sair do box:
– Ahhhhhhhhhhhh!

O homem vestido de couro dos pés à cabeça, inclusive com uma máscara, está parado na porta do banheiro.

– Quem é você? Como entrou aqui?
– Sou do Fatality.

– Mas não combinei nada com ninguém.
– Não precisa combinar...
– Então é assim que funciona? Tipo um jogo de fetiche.
– Tipo um jogo...
O homem saca a arma de choque.
– Que pistolão, seu safado. O que acontece agora?
Na caixa de som ecoa um single antigo de Lana Del Rey, *Born to die*.

Revenge porn

@feminazi iniciou um vídeo ao vivo
e aê, tudo pronto pra live de hoje
este aqui é o Rodrigo, diga oi pras gurias
não seja malcriado, Digão, é assim que ele é chamado
essa belezinha aqui, esquerdomacho de primeira
desconstruidão, ficou chateadinho com o fim do namoro
daí compartilhou nudes da ex pelo WhatsApp
os machos amigos dele espalharam pra outros contatos
até a vida da guria virar um inferno
ela perdeu o emprego, largou a faculdade
o clichê clássico dos nossos tempos
o Digão aqui tava de boas
levando a vidinha dele sem preocupações
não era justo, né, gurias?
ainda bem que entraram em contato
agradeço em especial à Rainha de Paus
que mandou os detalhes e passou a localização do Digão
teremos mais uma noite divertida aqui na nossa live
gurias maravilhosas, quatro mil online
vocês são foda, mesmo
obrigado por fazerem o canal crescer
não sabem o prazer que tenho de gravar essas lives
se é nova no canal, clica pra receber as notificações
também mande um e-mail com o número do telefone

adiciono vocês no grupo secreto do Telegram
assim poderão acompanhar as novidades
quando derrubarem, mais uma vez, meu perfil
bom, chega de conversa e vamos começar
vejam que lindo o Digão, gente
esse cabelinho encaracolado é um charme, né?
confesso, tenho queda por branquinho do cabelo preto
logo mostro por quê
eu adoro, e vocês, gurias?
não gosto desse nariz do Digão, muito grande
lá no grupo muitas gostam de narigudos, né?
vou focar no nariz, suas safadinhas
ele tem a boca bem gostosa
pena que não dá pra tirar a mordaça, senão ele grita
tá com medo, Digão?
olha, gurias, que lindo, ele tá tremendo
adoro quando homens ficam sem jeito perto de mim
ah, gurias, tem uma foto do Digão no grupo
vejam que beleza a boquinha dele
bem que podia ter usado pra outra coisa, né?
a escolha foi dele de espalhar áudios xingando a ex
ah, Digão, vocês não aprendem nunca, né?
os tempos são outros, agora a gente se diverte
olha esse cachinho de cabelo caindo na frente do olho
que charme, né, gurias?
eu podia cortar e guardar de recordação, muito lindo
por sorte, não sou sentimental
pensei aqui agora, gurias
e se começar a levar lembrancinhas pra sortear no grupo?

comentem aí
nossa, vocês são rápidas, hein?
tá bem, Digão vai ficar sem o cachinho
liga não, lindo, cresce logo
não é o que dizem quando reclamamos do cabeleireiro?
ai, larga de ser fresco, não precisa dessa lágrima
a adaga tá bem afiada, nem vai mastigar seu cabelo
pronto, gurias, o cachinho será sorteado no grupo
agora vamos ao que interessa,
antes que derrubem a live
acho que o garotão aqui anda malhando
vejam só esses braços, gurias
nem consigo tirar a camiseta dele
terei que cortar
eu disse que tá bem afiada, Digão
olha que sexy, gurias, peitoral lisinho
não vai agradar às que gostam dos peludinhos
mas tá bem gostosinho esse aqui, não acham?
pare de se balançar na cadeira, Digão
preciso tirar sua calça, não dá pra cortar
quieto, Digão
porra, tô sendo carinhosa e nem agradece
fica quieto, ou não vai dar nada bom pra você
também sei falar grosso, seu puto
fica bem quietinho
pronto, consegui tirar a calça
humm... cuequinha boxer cinza
gostei, e vocês, gurias?
nossa, que honra

acabam de comentar que sua ex tá vendo a live
você é foda mesmo, Digão
é mais excitante quando a maior interessada tá assistindo
beijo, Camila
se quiser, levo outro cachinho de cabelo pra você
vamos ao que interessa, vou focar aqui
quantos centímetros acham que o mocinho tem?
chuto uns 17
qual palpite de vocês?
nossa, Digão, tá mal cotado
11, 13, uma alma caridosa chuta 18
vejamos então
humm... que acharam, gurias?
tá meio tímido, né?
não achei ruim não
isso tem o quê, uns 15 duro?
eu gosto, se souber trabalhar, é bom pra todo mundo
sacaram por que gosto de branquinho de cabelo preto?
curto muito esse contraste da pele com os pentelhos
poxa, Digão, poderíamos nos dar bem
mas escolheu ser um mau menino,
não me dá outra saída
justiça com as próprias mão que eu chamo
seu signo é Câncer, né?
quer constituir família, ser o homem da casa, o pai protetor
pena, por um vacilo adolescente destruiu os próprios sonhos
que posso fazer? a escolha foi sua
nem adianta fechar as pernas
vai, mostra pra câmera

vocês não adoram sentar de perna aberta?
as gurias querem ver, e não vai deixar elas na vontade, né?
ele não quer colaborar, gurias
então vou dar meu jeito
confesso que adoro essa parte
reparação histórica que chama, né?
esse suporte de mesa ginecológica é ótimo
ajuda no trabalho e vocês assistem com detalhes
para, Digão, sei que o metal é frio
não precisa ser tão fresco
uma perna pra cada lado, facilita, vai
porra, terei que amarrar esse safado
não coopera com nada, né?
tudo bem, em seu lugar também estaria com receio
esse suporte não é lá muito confortável
conseguem ver bem, gurias?
até o cuzinho, nossa, vocês me matam de rir
se tivéssemos mais tempo, poderíamos brincar um pouco
tenho um espéculo grande, seria legal, né?
mas tô aqui pra coisa séria, não se preocupe, Digão
vejam como o diguinho do Digão tá escondidinho
acho tão lindo essa vulnerabilidade
sorte que não sou emotiva
então chore por mim, Digão
pode tentar gritar, daqui ninguém vai te ouvir
e larga de frescura, não gosta de entreter a internet?
aqui no meu canal você é famoso
repito sempre, é como cortar sushi
um corte único, rápido e certeiro

já disse que tá bem afiada, Digão
sei que não é muito confortável ter o corpo invadido
mas a escolha foi sua
nem se preocupe, sei o que tô fazendo
você não vai morrer
acha mesmo que te daria esse gostinho?
vai viver e muito ainda
já venho costurar você
só vou mostrar pras gurias
pequenas as bolas do Digão, né?
ele deve ter algum problema hormonal
por isso é assim lisinho
dê tchau pra seus filhos, Digão
poxa, podia ser tudo diferente
terá a chance de repensar suas atitudes daqui pra frente
veja como sou benevolente
gurias, agradeço a audiência
comentamos esse novo episódio lá no grupo
enviem mais perfis dos nossos machos queridos
vou remendar esse puto que tá aqui todo menstruado
continuem assistindo, tá?
ah, quase ia esquecendo da parte que vocês mais adoram
bebezinha, vem cá
Frida, petiscos, querida

4

Quem procura acha

— Querido, Clarinha tá estranha.
— Hum...
— Anda muito agressiva. Quando cheguei do trabalho pra dispensar a babá, ela gritou e começou a chorar bem alto. Tentei acalmar mostrando vídeos da Galinha Pintadinha 3D, mas ela jogou os óculos de realidade virtual longe. Se não tivesse caído no tapete, certo que tinha quebrado.
— Humhum...
— Suspeito que Gislene está agredindo nossa filha.
— Quem?
— Gislene, a babá.
— Ah...
— Se aquela vagabunda tiver fazendo algum mal à Clarinha, eu mato.
— Pode crer...
— Vou colocar câmeras escondidas pra ver o que ela faz com a menina quando não estamos em casa. O que acha?
— Humhum. Pode apagar a luz?

Antes de a babá chegar, escondeu a câmera-espiã no arranjo de suculentas falsas no alto da estante da sala. A outra, colocou no quarto, entre os livros decorativos, no nicho fixado na parede em frente ao berço.
Saiu para o trabalho ansiosa, sem saber se podia confiar na babá. Passou o dia apreensiva no escritório, imaginando o que acontecia no apartamento enquanto não esta-

va. Recebia nos grupos do WhatsApp muitas denúncias contra babás que batiam, deixavam sem comer, davam choques e até violentavam sexualmente bebês indefesos.

A situação estava tão absurda que nem nas babás contratadas por agência podia confiar. Gislene que não ousasse tocar um dedo em Clarinha, era a melhor mãe do mundo e faria de tudo para proteger a filha.

No começo da noite, quando voltou para casa, abriu a porta com o coração acelerado. Logo Gislene apareceu na sala, segurando Clarinha nos braços. Achou a atitude suspeita.

– Como passaram a tarde?
– Tranquilo, dona Fernanda, a bebê é muito querida. Brincamos, ela dormiu metade da tarde, quando acordou, dei o iogurte da merenda.

Estendeu os braços para que entregasse Clarinha.

Sentou no sofá e tirou toda a roupa da filha, inclusive a fralda descartável. Olhou de frente, de costas, nada de diferente. Mas Clarinha não parava quieta e, mais uma vez, não aceitou o tablet, nem os óculos de realidade virtual como entretenimento.

– Alguma coisa errada, dona Fernanda?
– Não. Achei que ela tivesse de xixi, me enganei.
– Troquei a fralda agorinha mesmo, foi só o tempo da senhora chegar.
– Tá bom, Gislene, pode ir.

Não conseguia acalmar Clarinha, ela chorava tanto que ficou com o rosto vermelho e inchado.

O marido chegou em casa largando a pasta e os sapatos pela sala.

– Faça alguma coisa pra essa menina parar de chorar. Tá me deixando nervoso.

Fernanda pediu que ele ficasse com Clarinha, queria ver as gravações das câmeras.

Ele tentou acalmar a filha com vídeos no smartphone. Ela não deu atenção e continuou a choramingar inquieta.

– Melhor você cuidar, não tenho paciência.

Largou a menina no colo da mãe e foi para o quarto maratonar séries na Netflix.

Apenas quando Clarinha dormiu, depois de mais de duas horas impaciente e chorosa, Fernanda pôde parar e ver as gravações. A ansiedade era tanta que nem jantou. Abriu o arquivo de vídeo no Mac e começou a assistir ao que aconteceu durante a ausência.

Assim que viu a babá, Clarinha começou a bater palmas, foi para os braços dela sorridente. Na vida real, nem tinha percebido a expressão de alegria da filha. Agora, no enquadramento distorcido pela lente grande-angular da câmera, podia perceber. Foi pulando os trechos do vídeo à procura de alguma cena suspeita. Parou quando Gislene deitou Clarinha no sofá, tirou o vestidinho florido, se debruçou sobre o corpo da menina e aproximou a boca...

O coração só desacelerou quando compreendeu que Gislene estava estalando os lábios na pele fina da barriga de Clarinha, que gargalhava com o barulho, chacoalhando as mãos no ar. Na sequência, Gislene deitou com a menina no tapete e ficou rolando com ela pelo chão. Clarinha não parava de rir, eufórica; brincaram tanto que ela cansou. Foi quando saíram da sala.

Fernanda abriu o vídeo da câmera do quarto, procurou pela parte em que as duas entravam. Foi um breve instante, para deixar Clarinha no berço. Gislene ficou algum tempo olhando, de pé, até que ela dormiu. Antes de sair do quarto, acariciou os cabelos loiros e encaracolados de Clarinha.

Por mais de uma hora, Gislene não apareceu em nenhum dos vídeos. Devia estar na cozinha ou na área de serviço. Não saiu do apartamento, para isso precisaria passar pela sala.

Clarinha acordou chorando, agarrando-se nas grades do berço para tentar ficar de pé. Em oito segundos, Gislene apareceu na gravação do quarto, pegou a menina no colo e saiu.

Voltou a aparecer na gravação da sala e a cena anterior se repetiu: Gislene brincando com Clarinha, que não parava de rir. O resto da gravação foi o que Gislene contou: o iogurte da merenda, colheradas em aviãozinho, que arrancavam gargalhadas da menina. Por fim, o banho. Depois disso, não demorou para Fernanda chegar.

Colocou o vídeo nos segundos que antecediam a entrada no apartamento e observou a sequência: ao ouvir o barulho da chave na fechadura, Clarinha arregalou os olhos. Quando viu a mãe, murchou o riso e, assim que ela fechou a porta, começou a chorar.

Inaptos

Chegam 15 minutos antes do previsto. Ele está mais apreensivo do que ela, distraída com o jogo no iPhone: encaixar peças, com exatidão, sumindo quando completa a linha. É a versão repaginada de um jogo vintage, dizia a descrição na loja de downloads. A ideia do jogo é simples, mas uma maneira eficiente de passar o tempo.

O marido volta o olhar para o aquário digital, instalado na parede ao lado da recepcionista. Impressiona-se com as cores muito vívidas, peixes e corais de água salgada, em suas exuberantes formas tropicais. Por instantes, esquece que são apenas projeções nítidas e imagina a temperatura da água dentro do vidro. Uma água-viva flutua sem pressa, o movimento dos tentáculos faz ele esquecer da sala refrigerada do consultório, prende a atenção na coreografia fluida atrás da tela. A vida parece mais leve debaixo d'água.

– Márcio e Roberta – a recepcionista chama. – São os próximos.

Ele aproveita que levantou e olha o aquário mais de perto. Ela pausa o jogo e guarda o iPhone na bolsa. Aproxima-se do marido, colocando os dedos frios em seu pescoço. Ele arrepia.

– Vamos, querido.

Seguem a recepcionista por um longo corredor. Nas paredes, telas de LED projetam fotografias e vídeos de casais com os filhos.

Entram na sala, paredes cor de pêssego, a vidraça atrás do médico. Nenhuma decoração, apenas a mesa de vidro e as poltronas brancas.

– Sentem-se – orienta o médico. – Vieram para saber o resultado do mapeamento genético, não é mesmo?

– Tentamos ver na internet, mas o acesso era restrito, só podia ser feito por um médico autorizado – Márcio explica.

– Esse é o procedimento padrão. Desde que foi estabelecido o Protocolo Mundial da Natalidade, as regras são cumpridas com rigor.

– E qual o resultado? – ela se impacienta.

O médico pede que aproximem o pulso com o chip do scanner sobre a mesa para que possa acessar o resultado. Coloca a senha do sistema e abre o arquivo.

– Vejo aqui uma leve alteração no formato dos seus ovários...

– Isso é um impeditivo? – ela interrompe.

– É apenas uma anomalia leve, nada que comprometa uma gravidez.

– Então fomos aprovados?

– Infelizmente, não. O mapeamento genético aponta uma probabilidade de 79,54% de chances dos filhos de vocês desenvolverem três tipos de câncer na primeira fase da vida adulta. Esse índice está muito acima do permitido pela Organização Mundial de Reprodução.

– Casei com uma mulher que não pode receber a Autorização Reprodutiva?

– O recomendável era que tivessem feito o mapeamento genético antes de assinar o Contrato Matrimonial, o que evitaria transtornos como esse. E a reprovação não foi de sua esposa, ela tem condições genéticas favoráveis para perpetuar os genes.

– O problema está em mim?

– A reprovação genética foi sua. Como sabem, o teste tem resultado definitivo e incontestável, uma vez que a contraprova é feita por outros dois laboratórios.

– Nenhuma possibilidade de termos um filho? – ele quer saber.

– A alternativa é recorrer a bancos de sêmen. Como o problema não é com sua esposa, ela pode solicitar o direito de perpetuação dos genes.

– Um filho de outro homem?

– É uma possibilidade viável.

– E como eu fico nessa história? – ele altera a voz.

– Seguindo o protocolo, precisa agendar a cirurgia em até um mês.

– Cirurgia?

– A vasectomia.

Sem saber como reagir, ela abre a bolsa, procura o iPhone e despausa o jogo.

Gametas

Almoça na praça de alimentação do shopping, quando um rapaz senta na cadeira vazia que está à frente. Estranha, há inúmeras mesas desocupadas ao redor.

– Paulo Muniz de Barros, não é?
– Sou eu – responde desconfiado.
– É meu genitor.
– Como assim, genitor?
– Minha mãe comprou sua porra num banco de sêmen, aqui estou.

Encara o rapaz, mudo. Observa de maneira instintiva os traços dele: olhos azuis, cabelos loiros, nariz proeminente e boca rosada. Se parece, e muito, com ele quando jovem.

– Sou resultado da sua punheta no potinho do laboratório.
– Não sei do que está falando.
– Não? O jovem bonito e atlético, vendendo seus bons genes pra uma clínica de reprodução, em troca de dinheiro pra curtir noitadas. Há outros materiais genéticos seus encarnados em, pelo menos, mais 12.
– Todo o processo era sigiloso.
– Ah, então agora lembrou? Sigilo – ri.
– Como me encontrou?
– Importa mesmo?
– Se sou seu pai...
– Não seja tão audacioso, usemos o termo correto: genitor. E já que tem curiosidade, só pela preocupação de ter sido descoberto, não há nada mais fácil que hac-

kear dados de laboratórios, a segurança é mínima, caro doador P0986X.

– Mais 12?

– No mínimo. Considerando apenas a clínica em que fui gozado. Se vendeu pra outras, esse número é maior. Seu modelo branco, alto e sem problemas genéticos é bastante valorizado no mercado.

Fica em silêncio, observando os restos da comida no prato. As peças de sashimi causam embrulho no estômago. Pedaços de peixe branco que lembram embriões. Sente a cabeça esvaziar e expandir, como se pelos ouvidos entrasse uma grande quantidade de ar comprimido. Nenhum gosto na boca e o coração sem batucar por dentro.

– Agora não é mais tão engraçado, hein? – o rapaz interrompe o silêncio.

– O que quer de mim?

– Nada.

– Dinheiro?

– Nada.

– Por que me procurou?

– Sabe o vazio? – estremece o lábio.

– Não posso assumir essa responsabilidade.

– Muito menos eu.

– Garantiram que era tudo sigiloso. Na época, precisava de dinheiro. Eu nem lembrava disso.

– Claro que não.

O rapaz levanta.

– Qual seu nome?

– Pode me chamar de TY549K, meu código no sistema da clínica.

– Onde posso encontrá-lo?

Parte sem dizer nada.

O homem desvia o olhar dos sashimis no prato. Para não vomitar, cobre os pedaços de peixe com o guardanapo.

Maternar

Antes de tudo, é necessário agradecer à Ciência por conseguir realizar o sonho de ser mãe. Sem as imposições e amarras que fazem as mulheres concorrer entre si para ver quem tem o filho mais bonito, que sabe tocar piano e falar francês, que faz medicina porque é o que dá status e dinheiro.

Não é mulher dessas comuns. Escolheu maternar como uma experiência transformadora, sem a chatice de casamento, essas convenções sociais, imposições do patriarcado, dizia. Para falar a verdade, o que ela mais desejava era o manjado sonho de princesa, esperar o marido perfeito, etc. Porém, nenhum homem a quis, mesmo com as investidas inconvenientes dela, que acabavam em nãos ou dispensas silenciosas.

Uma hora cansou, disse a si mesma que era forte demais para os homens, eles não suportavam mulher assim. E ainda que fosse completa, completíssima, como enfatizava, quis experienciar novas sensações, porque era livre e teve, por vontade própria, o ímpeto de querer o amor incondicional que tanto diziam a respeito da maternidade.

E graças à Ciência, como já dissemos, pôde realizar esse sonho. Antes seria impossível, mas, por sorte, nasceu num tempo em que o corpo e suas regras estavam sob o controle do querer, da criatividade e, acima de tudo, da necessidade de inventar novas formas de amar.

Ao consultar o médico, descobriu que o procedimento era bastante simples, surpreendeu-se até. Bastava fazer os exames; se estivesse tudo regular, tomar os hormônios por três semanas; fazer a inseminação e aguardar o desenvolvimento dos embriões até o parto.

Fez os exames, estava tudo certo, nem anemia teve, aí foi só tomar as injeções de hormônio, três semanas depois a inseminação, etc. O resto como qualquer gravidez: leve enjoo, muita fome, vontade de ir ao banheiro, cuidar para não ter estrias e fotos temáticas com tecido esvoaçante. A barriga cresceu pouco, é verdade, mas foi só a fotógrafa retocar no Photoshop para ficar com o tamanho do orgulho genuíno que a preenchia.

O amor. Amor de mãe, sim, mais forte do que qualquer outro sentimento, uma certeza de que era especial, estava pronta para cuidar de outra vida, ser a melhor mãe do mundo.

Teve que se apressar para montar o enxoval, além de manter a alimentação regrada, pois não queria ganhar muitos quilos. Na última semana, duas vezes ao dia, tomava o suplemento para estimular a produção de leite. Uma pena que não poderia ser parto normal, também nem se importava, isso não a faria menos mãe, como ficam julgando essas veganas peludas, que parem dentro de uma bacia feito patas.

O maternar era dela, momento único. Aprendeu a ignorar as críticas, descobriu ainda antes da inseminação que as escolhas de uma mulher são sempre julgadas. Ouviu opiniões que não pediu, até mesmo de amigas próximas, disseram que estava ficando louca. O velho discurso para tirar a potência da mulher, o silenciamento ridículo das imposições de tantos séculos, e mesmo que fosse triste ser oprimida por outras mulheres, não se deixaria abalar.

Importava mesmo a verdadeira companhia que passaria a ter, de amor incondicional e recíproco, sem interesses ou cobranças. Valia a pena todo o julgamento para construir aquele lugar interior, de sentimento tão sólido e íntimo, que só a maternidade proporciona.

Tudo passou muito rápido, quando viu, já era o dia da cesárea. Foi sozinha, porque ninguém quis acompanhá-la. Manteve-se forte, pegou a bolsa com roupinhas, camisola, etc. Entrou no Uber com a cabeça erguida e caminhou pelos corredores da clínica em passos firmes. Entrava mulher empoderada e bem-resolvida, sairia mãe, o adjetivo que faltava para a completude.

Luzes, maca, bisturi, sutura. Quase tudo como sempre é, não fosse a reação alérgica à anestesia. Ficou desacordada durante o parto, o que não era previsto, queria ver os bebês ainda ensanguentados, recém-saídos dela.

Com essa contrariedade, aprendeu que a vida de mãe é feita de inesperados, não há roteiro, por isso hoje nem se queixa do incidente durante o parto. Quando abriu os olhos, ainda inchados da reação alérgica, balbuciou à enfermeira qualquer coisa incompreensível, mas ela entendeu.

Agora, com a cirurgia já cicatrizada, as lágrimas ainda escapam quando a imagem da lembrança se projeta no escuro dentro dos olhos: a enfermeira com todos eles no colo, limpos e secos, quatro lindos Lulus da Pomerânia, três machos e uma fêmea, seus filhos.

Cadela

Aviso de antemão: não sou inocente. Quando fiz o anúncio no site de barrigas de aluguel, queria apenas o dinheiro. Cinco mil por mês, mais 50 mil quando entregasse a encomenda. Isso era muito mais do que podia ganhar em um ano, mesmo que fizesse programas todos os dias, além de ter a tranquilidade de receber acompanhamento médico e psicológico, comer do bom e do melhor, e ainda sair com uma grana que garantiria boa vida por, pelo menos, mais dois anos. Movida pela ambição, aceitei a proposta do casal. Marcamos o dia, me colocaram numa maca, meteram em meu útero seco o embrião, que era como o médico chamava. O psicólogo também dizia pra eu me referir assim: embrião, feto, evitando qualquer tipo de vínculo. A primeira tentativa, como quase todas, não vingou. O filho dos clientes escorreu pelas minhas pernas sem que eu sentisse nada. Saí no lucro, pagaram o aluguel do meu útero e deixaram a reserva pronta pra mais uma tentativa. Semanas depois, repetiram o procedimento: arregaçada na maca, embrião depositado, torcer que criasse raízes. Vingou, logo o médico confirmou a pega. Eu estava grávida, ou melhor, o casal estava grávido em mim. O pré-natal foi bastante rigoroso, visitas periódicas ao obstetra, nutricionista, acompanhamento com personal trainer quatro dias na semana, além das sessões de massagem e hidroginástica. Precisava cuidar bem da encomenda, assim eu me referia às células que se multiplicavam dentro de mim. Vieram os enjoos, as mudanças de humor, as transformações do corpo. O casal acompanhava de perto, emocionados com o crescimento do que pra eles era um filho, mesmo que fosse encomenda crescendo em outro corpo, meu corpo. No final do quarto mês, a barriga despontou, crescendo pouco a pouco, e cada vez mais, esticando a pele, estufando o umbigo, comprimindo meus órgãos. A encomenda, como todo filho de gente rica, era espaçosa, espalhou-se o tanto que pôde. Minha garganta trava quando lembro [um segundo, vou beber um gole d'água]. A primeira vez que mexeu, foi isso. A vida se movia no meu interior, se espalhou por todo o meu corpo uma irradiação de sensações que jamais imaginei sentir. Aquele rebuliço por dentro era assustador. Não assustador num sentido aterrorizante, mas de me deixar estarrecida, como se na minha barriga crescesse um grande vão ligado ao Universo. Meu corpo sentia para além de mim, conectado a qualquer existência extracorpórea, que não deixava de ser minha carne. Eu estava grávida, não era uma encomenda, mas meu filho. Talvez tenha sido tarde, suspeito que por causa das circunstâncias, só no sexto mês senti essa conexão com meu próprio interior, a vida em mim. Segundo o contrato, eu não poderia saber o sexo da criança, evitando qualquer conexão afetiva. Como fui idiota de acreditar em "gravidez técnica", impossível ficar isenta depois de tudo aquilo, as sensações indescritíveis e inomináveis, que faziam minha cabeça se expandir para o futuro, a vida crescendo como uma possibilidade de existir além de mim. Afirmo sem qualquer receio, não foi só meu corpo que expandiu, mas isso que dizem consciência, alma, espírito, chamem como quiser. A parte mole dentro de mim compreendeu que ser mãe não é questão genética, em meu útero estavam enraizadas as veias e artérias do meu filho. Meu filho. Quando me dei conta de que em pouco mais de um mês seria tirado de mim, tomei uma decisão extrema, a única possível pra uma mãe em perigo. Como não tinha o registro do feto pra passar pela inspeção no aeroporto, e muito menos a autorização oficial pra viagens interestaduais de trem ou ônibus, planejei uma forma insuspeita de ir embora. No meio da madrugada, chamei um Uber usando uma conta falsa, que me levou até a rodovia. De lá, fugi como antigamente, pedindo carona aos caminhoneiros. Há quem se esqueça deles hoje em dia, mas a movimentação de homens e mulheres que gastam os dias circulando pelas estradas é grande. Menti dizendo que estava desempregada, seria recebida por minha mãe no Mato Grosso pra ajudar com a criança. Foi fácil, muito fácil conseguir ajuda, grávida é sempre uma figura muito comovente. Por causa do bebê, eu corria muito menos riscos, os homens detestam a figura da mulher-mãe e perdem o interesse. O plano de fuga não poderia ser tão perfeito, tudo daria certo, não fosse meu desconhecimento. Burra, burra, burra. Antes da metade do percurso, uma viatura parou o caminhão e me apreendeu. Meu filho foi inserido em mim com um chip de rastreamento. Mesmo que eu fosse pra China, seria encontrada. Fui levada direto pro hospital, onde constataram que estava tudo bem com o bebê. Não saí mais de lá. Me mantiveram reclusa em um quarto monitorado 24 horas. Sem ver o sol, nem sei precisar quantos dias passaram. Tenho a impressão de que foram muitos, duas semanas ou mais. Sempre com a vigilância constante da equipe médica. Uma terapeuta ocupacional e uma fisioterapeuta me acompanharam todos os dias, eu fazia exercícios numa bola de pilates e com elásticos, além de montar jogos lúdicos e preencher palavras-cruzadas. Minha barriga estava imensa, tomada por meu bebê que se mexia cada vez mais. Era forte, minha intuição me fez ter certeza: uma menina. Minha filha. Me levaram pra um dos muitos exames de rotina, quando abri os olhos, lembro das luzes fortes e do rosto fora de foco da enfermeira. Só quando o efeito da anestesia passou, compreendi. Gritei feito uma cadela ganindo, meus peitos inchados precisavam da boca de minha filha pra se esvaziarem. Roubaram a filha da cadela, levaram antes que eu a visse, pra confirmar se era mesmo menina. Se bem que não preciso de confirmações, eu sei, sou mãe, é menina, minha filha, a filha que roubaram de mim, levada como produto pra outra cadela seca, que precisou tomar hormônios pra dar leite, cadela impostora que não sabe o que é ser mãe, cadela inapta do útero oco, cadela rejeitada pela natureza pra procriar. Quero minha filha, nos meus braços, sentir o cheiro, o calor, a textura da pele. Quero minha filha, agora, aqui, sempre, mas tudo o que posso acariciar nesta cela é a cicatriz que me impede de esquecer que ela foi roubada de mim.

Peças de reposição

Segura forte nas alças da mochila. Olha para todos os lados antes de atravessar a rua. Busca os cantos mais escuros, os becos sem movimento. No peito, o coração bate forte com a adrenalina que corre pelo sangue. O sistema anti-impacto dos tênis permite que ande rápido sem fazer barulho.

Ao virar uma esquina, quase paralisa com o facho de luz que rompe a escuridão e revela a pele lustrosa e quente. Ordenam que fique parada, com as mãos na cabeça. O policial direciona o foco de luz para ela. Na parede, é projetada a sombra também negra, com maior volume, expansão do medo que cresce por dentro.

Ele se aproxima, passa as mãos no corpo dela sem autorização. Demora mais tempo que o necessário revistando entre as pernas. Não há nada debaixo do vestido multicor com estampa geométrica. Ordena que se vire. Ela não compreende. Segurando forte pelos ombros, o policial a coloca de frente. Encobrindo o tronco, a mochila. Ela aperta forte, encravando as unhas nas alças acolchoadas. O policial tenta pegar a mochila. Ela resiste. Da viatura sai uma policial alta, branca, que retira a mochila enquanto o colega a segura.

A policial abre o zíper e ilumina o interior com a lanterna. O bebê dorme tranquilo, envolto numa manta colorida.

– Mon fils! Mon fils!

Não é necessário perguntar pelo Atestado de Liberação Reprodutiva, é uma das muitas imigrantes que descumpriram as regras, ocultando a gravidez, parindo com alguma doula num centro clandestino de assistência à reprodução.

A mulher é algemada. Balbucia grunhidos intraduzíveis, de uma dor rasgada, mais uma das muitas pretas a perder os filhos nas mãos da polícia.

Sobre a maca, o bebê brinca com as mãos. É um menino, de olhos grandes e sorriso fácil. A enfermeira se aproxima com a seringa. Ao ter a pele invadida pela agulha, ele lança no ar gritos agudos. Tenta libertar o braço, a enfermeira segura com força, enquanto o tubo plástico enche de sangue.

Resultado do Mapeamento Genético

Idade estimada	3 meses e 5 dias
Procedência	67% África, 24% Europa, 9% Oriente Médio
Anomalias físicas	não identificadas
Anomalias genéticas	não identificadas

Projeção genética

Propensão cancerígena de primeira ordem	baixo
Propensão a doenças degenerativas	muito baixo
Propensão a doenças neurológicas	moderado
Propensão a doenças cardiovasculares	alto

Observações	órgãos em perfeito estado, córneas aptas

Três meses depois, a enfermeira entra com o menino nos braços. O médico examina o desenvolvimento: respondeu bem ao estímulo dos hormônios e às aplicações dos multivitamínicos. Os índices estão todos acima da taxa recomendada. O ultrassom revela que o fígado quase dobrou de tamanho, o que justifica a alteração na circunferência da barriga.

Componente 89YT2: APROVADO

A lâmina risca a pele sem dificuldade. Debaixo do tecido epitelial, o vermelho intenso do tecido muscular, com uma fina camada de tecido adiposo. O médico corta o peritônio e expõe as vísceras. O fígado aumentado com auxílio dos hormônios se destaca vermelho escuro, vívido. O médico faz a coleta com cuidado extremo.

Ao lado da mesa cirúrgica, a enfermeira aguarda com a caixa de transporte, que levará a peça para a sala de transplantes.

Feita a coleta principal, o médico prossegue extraindo baço, pâncreas, pulmões, rins, medula, córneas, ossos, enxertos epiteliais e células neurais. Os órgãos que ainda não apresentam o desenvolvimento necessário, serão cultivados em incubadoras artificias até que amadureçam e possam ser utilizados para reposição.

Pena que o coração não pôde ser aproveitado, com o resto da carcaça, foi encaminhado para a compostagem.

Sem sinal

Match. Marcelle e Thomás começaram a conversar. Sem autorização, ele enviou uma foto do pau. Ela curtiu e retribuiu o nude com uma discreta foto dos seios. Ele pediu mais. Assim conheceu os grandes lábios antes mesmos de ela abrir a boca.

O papo online durou cerca de três semanas, com frases feitas, fotos de comida e mais nudes. Quando se encontraram pela primeira vez, Marcelle achou a voz dele chata, o sorriso, no entanto, era magnético, o canto da boca meio torto, um charme. Thomás não gostou do perfume floral dela, um tanto enjoativo, os seios, porém, eram mais convidativos fora dos limites bidimensionais da fotografia.

Naquela mesma noite, as mãos dele experimentaram a tridimensionalidade do corpo de Marcelle. E gozaram, ambos. Não esperavam tamanho encaixe.

Na transa seguinte, dois dias depois, ela convidou que Thomás ficasse para dormir. Encaixaram também na conchinha.

Pesquisa Google
como saber se estou apaixonada

Era tomada por certo formigamento quando chegava mensagem dele no WhatsApp. Fingiu o máximo que pôde, não queria assustá-lo, ser bloqueada e perder o contato.

Quando encontrava com Thomás, o coração de Marcelle palpitava forte, as mãos ficavam frias. Disfarçava, não podia ser apressada.

A surpresa quando abriu o Tik Tok naquele domingo. Thomás postou um vídeo declarando que estava apaixonado. Quer namorar comigo, Celle? Ele perguntava com um buquê de rosas vermelhas nas mãos. Mais de 70 seguidores já haviam visualizado o vídeo. Nos comentários:

Sim, Celle!

Aceita! Aceita!

É o homem da sua vida!

Se ela não quiser, eu quero!

Sem pensar, Marcelle postou um vídeo gritado SIIIIIM. Depois, as lágrimas.

          Pesquisa Google
          restaurante para dois

          Pesquisa Google
          tutorial de maquiagem discreta

À noite, saíram para jantar num restaurante tailandês. Não sei se foi o tempero apimentado, o camarão, os likes, o sorriso torto, os seios volumosos, sei que depois do jantar, transaram como se fossem se despedaçar, meteoro que se desfaz ao penetrar a atmosfera. Fizeram tudo, em todos os cômodos, mesa da cozinha, tapete, cama, sofá, box do banheiro.

– Te amo – Thomás disse.

Marcelle se agarrou a ele, forte. Uma lágrima escorreu. Ele conteve com um beijo. Estavam quites, o deságue dela estava dentro de Thomás.

Pesquisa Google
apartamento barato no centro

Pesquisa Google
frete e mudança

Pesquisa Google
encanador

Pesquisa Google
como usar uma cafeteira

Pesquisa Google
receitas fáceis para dois

Pesquisa Google
meu marido ronca

Pesquisa Google
enlouqueça sua mulher com sexo oral

Pesquisa Google
sintomas de gravidez

Thomás chegou do trabalho com o teste. Esperou impaciente, deitado no sofá, até Marcelle voltar da agência.

Ele levantou afobado quando ouviu a chave na fechadura. Recebeu Marcelle com um beijo. Não conteve a ansiedade, pediu que ela fizesse o teste, já, agora.

Foram juntos ao banheiro.
Não contiveram o choro.

   Pesquisa Google
 teste de laboratório para confirmar gravidez

   Pesquisa Google
  acompanhamento pré-natal

   Pesquisa Google
   como lidar com enjoo

   Pesquisa Google
  tenho nojo do meu marido

   Pesquisa Google
   como prevenir estrias

   Pesquisa Google
 minha mulher me evita durante a gravidez

   Pesquisa Google
 é normal mijar toda hora durante a gravidez

   Pesquisa Google
    nomes de bebê

   Pesquisa Google
 como controlar o peso durante a gravidez

   Pesquisa Google
   nomes de menino

   Pesquisa Google
  parto normal ou cesárea

Pesquisa Google
contatos de doulas

Enzo Gabriel nasceu em uma piscina plástica, na sala do apartamento, às 11h45 do dia 15 de março, peixes com ascendente em aquário, lua em escorpião e vênus em touro.

Pesquisa Google
como tratar cólicas do bebê

Pesquisa Google
cocô fedido e escuro

Pesquisa Google
Beatles para bebê

Pesquisa Google
como tratar o umbigo

Pesquisa Google
médico pediatra

O médico, Cristiano Sobral de Albuquerque, examinou Enzo Gabriel sem muita atenção. Peso normal, altura adequada para cinco meses.
– Já pode inserir os primeiros alimentos sólidos na dieta dele.

Pesquisa Google
papinhas caseiras

Banana mal amassada com pedaços de maçã.
Thomás com o iPhone na mão.

– Primeira papinha do Enzo, compartilhando esse momento com vocês aqui no story. Olha a mamãe e o bebê.
Marcelle sorri, mostra o prato da papinha para a câmera.
Na primeira colherada, Enzo Gabriel faz careta. Os pais riem. Ele cospe a papinha no babador.
Colher bem cheia, aviãozinho enfiado na boca rosada.
Thomás continua filmando. Enzo Gabriel começa a mexer a cabeça de forma estranha. Balança as mãozinhas. Não cuspiu a papinha.
– Amor, acho que ele tá engasgado.
Marcelle chacoalha o filho.
– Procure no Google, rápido.

Pesquisa Google
bebê engasgado

– O que diz?

Sem Internet
Tente:
- Verificar os cabos de rede, modem e roteador
- Conectar à rede Wi-Fi novamente
- Executar o Diagnóstico de Rede do Windows

ERR_INTERNET_DISCONNECTED

Thomás desconecta do wi-fi.
4G sem sinal.
Marcelle se desespera com o bebê no braço. A pele alva começa a mudar de cor.
Thomás caminha pela sala levantando o iPhone em todas as direções.
Marcelle chacoalha Enzo Gabriel. Roxo. A cabeça desfalece.
Marcelle e Thomás se olham, não sabem o que fazer, está sem sinal.

Ressurreição

— Sinto pelo que aconteceu.
— Obrigada.
— Sei que ainda está muito recente, mas chamei a senhora aqui para resolver algumas questões burocráticas.
— Quais?
— Vimos no registro do Sistema de Controle Genético que a senhora e seu companheiro estavam aptos para reproduzir.
— Passamos em todos os testes.
— No sistema, identifiquei também que cumpriram o Protocolo de Seguridade Neonatal.
— Planejávamos ter filhos, pagamos o seguro desde que casamos.
— O valor que acumularam, já na tabela atualizada, daria direito, inclusive, ao segundo filho.

Ela fica em silêncio, morde o lábio superior para não chorar.

— Fatalidades ainda acontecem – diz, com a voz embargada.

O representante da seguradora levanta, abre o frigobar e retorna com um copo de água mineral. Coloca em cima da mesa, sobre um guardanapo biodegradável.

Ela tira o lacre e bebe um gole.

— Nosso seguro é válido mesmo em caso de morte, e o Protocolo de Seguridade Neonatal garante a perpetuação genética do seu companheiro.
— Como assim?
— Não leram o contrato?

– Só as primeiras páginas, era muito longo, com uma linguagem difícil.

– Na cláusula 39, está descrito o procedimento a ser seguido em caso de morte acidental dos aprovados pelo Sistema de Controle Genético. Como o laudo da perícia constatou que não foi suicídio, o que anularia o direito ao seguro, a senhora pode optar pela reprodução assistida, garantindo a continuidade genética do seu companheiro.

– Continuo sem entender como isso seria possível.

– Não está a par dos procedimentos atuais?

– Não.

– Quando a equipe de socorro atendeu seu companheiro, consultou as informações contidas no chip de identificação. No relatório online, constava o direito à reprodução. A equipe cumpriu o novo protocolo, que consiste em coletar o esperma do segurado e preservá-lo em criogenia.

– Isso foi feito? – ela abre bem os olhos.

– Esse é o motivo de chamar a senhora aqui, para explicar a situação em todos os detalhes. Precisa decidir se quer perpetuar os genes do seu companheiro, ou se o material genético pode ser descartado. Caso a escolha seja pela perpetuação, o seguro cobre todo o procedimento, com três tentativas gratuitas de inseminação. O fundo neonatal poderá ser utilizado na íntegra para os gastos com a gestação, o parto e os primeiros anos da criança.

Ela se encosta desajeitada na cadeira. Bebe mais água e fica alguns segundos em silêncio.

– Não precisa decidir agora, ainda temos tempo até vencer o prazo de armazenamento do material genético.

A senhora pode pensar e encaminhar a resposta para o e-mail da seguradora. Está aqui o meu cartão.

> De: Cinthia Fragoso <cinthia.fragoso@gmail.com>
> Data: 24 de agosto 10:48
> Assunto: Resposta
> Para: Marco Longo <marco_longo@segurovital.com>
>
> **Bom dia, Marco.**
> **Li a documentação encaminhada pela seguradora.**
> **Estou de acordo com o que foi apresentado.**
> **Quero reaver os genes do meu companheiro.**
>
> **Att.,**
> **Cinthia Fragoso**
>
> De: Marco Longo <marco_longo@foreverlife.com>
> Data: 24 de agosto 11:13
> Assunto: RE: Resposta
> Para: Cinthia Fragoso <cinthia.fragoso@gmail.com>
>
> **Prezada Cinthia, recebemos sua resposta positiva.**
>
> **A formalização do pedido poderia ser feita mediante assinatura digital, mas peço que compareça ao escritório, há alguns detalhes que preciso conversar com a senhora pessoalmente.**
>
> **A atendente virtual entrará em contato para agendar a melhor data e horário.**
>
> **Cordialmente,**
> **Marco Longo**
> **Segurador**
>
> *Forever life*
> *Sua vida em segurança*

– Que bom que decidiu pela perpetuação genética.
– Pensei muito e considerei que era o melhor a ser feito.
– Sem dúvidas, é a forma de manter vivo quem a gente ama.
– Acredito que sim.
– Agora que decidiu, precisamos definir alguns detalhes.
– Quais?
– Estamos com um procedimento experimental, oferecido pelo setor de Genética Aplicada. Caso queira participar, não precisará arcar com nada, mesmo os gastos adicionais serão cobertos pela seguradora.
– Do que se trata?
– Além do sêmen do seu companheiro, congelamos material genético para extração do DNA. Em vez de um embrião simples, produzido com a fecundação do seu óvulo com os espermatozoides congelados, que é garantido pelo seguro, a proposta que temos a fazer é produzir um embrião com o material genético coletado do seu companheiro.
Ela pisca os olhos rápido.
– Do ponto de vista genético, será uma cópia exata do seu companheiro.
– Isso significa que Marcelo será meu filho?
– Geneticamente, sim. Essa é a forma mais avançada de perpetuação do material genético, mas ainda estamos em fase final de testes, por isso apresentamos essa proposta sem nenhum custo.
– Nem sei o que dizer.
– Não precisa responder agora. Chamei a senhora aqui, mais uma vez, pois se trata de uma escolha delicada. É melhor refletir sobre a proposta e encaminhar o que decidir por e-mail.

De: Cinthia Fragoso <cinthia.fragoso@gmail.com>
Data: 11 de setembro 17:12
Assunto: Decisão
Para: Marco Longo <marco_longo@segurovital.com>

Quero o Marcelo de volta.
Ele se chamará Renato.

Att.,
Cinthia Fragoso

3

Débito

– Agora faltam seis anos e três meses para que possa solicitar a aposentadoria, senhor.
– Mas, quando vim aqui da última vez, faltavam apenas dois anos.
– Isso antes de cometer mais uma infração, senhor.
– Foi um momento de desespero.
– Enquanto não cumprir o período regulamentar de trabalho, é impossível solicitar o desligamento, senhor.
– É injusto.
– Não há nada que possa fazer, quando tenta o desligamento voluntário, só gera débito na sua Conta da Vida. Foi religado, pagará as despesas do procedimento, e ainda a multa por ser reincidente. Poderia ter aprendido da primeira vez, senhor.
– Não aguento mais, só quero que isso acabe. Que graça tem viver se não posso nem decidir quando quero morrer?
– O senhor utiliza termos ultrapassados, morrer não é algo que faça parte do vocabulário contemporâneo. E o direito ao desligamento só é possível quando cumprir o tempo regulamentar de trabalho. Todos sabem disso, senhor.
– Mas é uma merda mesmo. Maldito Estado.
– Sabe que proferir ofensas contra o Estado Coorporativo é crime e pode aumentar seu débito na Conta da Vida. Então é melhor se acalmar, senhor.
– Fala assim, sem qualquer preocupação, porque é a merda de um robô. Não sabe o que é acordar sem von-

tade todos os dias e ter que ir pro trabalho, fazer parte daquele bando de inúteis que fingem gostar do que fazem. Não suporto mais.

– Não há nada que possa ser feito. Talvez seja melhor passar no médico e pedir a reposição da Felicidade, seus índices podem estar baixos, senhor.

– E me tornar mais um desses idiotas que passam o dia sorrindo sem vontade e repetindo frases prontas como você?

– São escolhas, senhor.

Escolhas

A paciente, não identificada, idade desconhecida, mas velha, foi atendida pelos socorristas ainda na ambulância, depois de um enfarte enquanto alimentava pombos com farelo de pão na Praça da Matriz. Algum passante, também não identificado, acionou a emergência e teve a localização rastreada pela Central de Socorristas. Quando o homem transmitiu a imagem da senhora se contorcendo no chão, o sistema enviou a localização para a equipe de plantão da Linha da Vida. O motorista seguiu o traçado do GPS, em 8 minutos e 36 segundos chegou à praça. Numa manobra rápida e precisa, estacionou próximo ao aglomerado de pessoas que filmavam a velha deitada no chão.

Os socorristas desceram da ambulância com a agilidade do treino e da ânsia de garantir que a vida não continuasse a acabar no mundo. Afastaram os curiosos com a maca e se aproximaram da velha. Ela estava sem movimento, mas ainda com sinais vitais, confirmados depois que o socorrista verificou o pulso.

Rápido, o jovem médico se preparou para a massagem cardíaca. Ao posicionar as duas mãos sobre o peito, viu a tatuagem, pouco antes do anúncio dos seios murchos: NÃO REANIMAR. Ignorou a mensagem, pressionou as mãos no tórax da velha, tentativa de acelerar os fracos batimentos cardíacos.

A auxiliar, confusa, interveio:

– Não devia seguir o protocolo e respeitar a escolha da paciente?

Afiliado ao Movimento dos Médicos Pró-Vida, ignorou as palavras da colega, reles enfermeira cumpridora de ordens, incapaz de entender que ele, em juramento honesto, comprometeu-se a garantir a vida, a qualquer custo.

O coração da velha reagiu à massagem, mas os batimentos ainda eram fracos. Colocaram ela na maca e, com a mesma agilidade da chegada, entraram na parte traseira da ambulância.

A caminho do hospital, a velha teve outra parada cardíaca. O médico socorrista ordenou que a auxiliar preparasse o desfibrilador. Ela se recusou, citou o Protocolo de Decisão Individual, que desde 2035 autoriza pacientes a decidirem pela não reanimação. A tatuagem no peito da velha era o atestado de que ela assinou todos os documentos para a decisão ser respeitada legalmente.

– Assassina – ralhou o médico, enquanto preparava ele mesmo o desfibrilador.

Ele aproximou as pás metálicas do peito da velha, entre elas, o grito desrespeitado: NÃO REANIMAR. Deu a primeira descarga, não reagiu. Aumentou a voltagem, segunda descarga. A velha abriu os olhos e logo voltou a fechá-los. No peito, ainda fraco, o coração em eco.

Maria Eunice Sampaio, conhecida como Nicinha, 73 anos, bibliotecária aposentada, católica de batismo, descrente por opção, viúva há dois anos, sem filhos. Um mês depois, recuperada, voltou ao hospital à procura do médico que a reanimou. Gostaria de encontrá-lo, entregar um presente como retribuição por ele ter descumprido o Protocolo de Decisão Individual.

A recepcionista informou que os dados do hospital eram sigilosos, para conseguir a informação, era necessário abrir uma solicitação junto à ouvidoria. Mas a unidade, àquela hora, estava fechada. O pedido poderia ser feito online, também, com retorno em até 72 horas.

Saiu frustrada, que mundo é esse em que não se pode retribuir uma gentileza?

Nunca foi de desistir fácil, ainda mais agora, depois de ter uma segunda chance.

Na pilastra em frente ao hospital, uma mulher negra, vestida com uniforme verde, fumava um cigarro eletrônico.

– Moça, boa noite. Trabalha na limpeza do hospital?

Ela deu uma baforada de fumaça com cheiro de menta e respondeu sem muito interesse:

– Não, senhora. Sou enfermeira-chefe do setor de emergência.

– Ah, então talvez possa me ajudar...

A enfermeira, Roseane Freitas, identificava o crachá, tragou fundo.

– Preciso descobrir quem foi o médico que me reanimou. Tenho um presente para entregar a ele.

– A equipe de rua é outra, senhora. Trabalho fixa no hospital. Aquela enfermeira que vai passando ali é da equipe de socorristas.

– Obrigada – falou, saindo atrás da moça.

Correu, se é que se pode chamar aquela aceleração dos passos de corrida, até se aproximar da socorrista que esperava para atravessar a rua em direção ao restaurante da esquina, onde sempre comia sozinha depois do plantão.

– Moça, moça – ofegou em voz alta ao se aproximar.

A enfermeira olhou para trás e se assustou ao ver aquele rosto que lhe trazia alguma lembrança imprecisa.

– Trabalha na equipe de socorristas, não é mesmo?

– Sim. Por quê?

– Há um mês fui socorrida depois de enfartar na Praça da Matriz. Preciso encontrar o médico que me reanimou, quero agradecer e entregar um presente.

Ao contar a história, a enfermeira-socorrista lembrou do acontecido, da tatuagem no peito. Ao ver a velha bem, vívida e querendo agradecer ao médico, sentiu-se culpada. Cogitou não repassar o nome dele, ao encontrá-lo poderia contar que ela não foi a favor da reanimação. Antes que conseguisse ordenar os pensamentos, entrou pelos ouvidos a voz suplicante da velha:

– Preciso encontrar com ele. É a coisa mais importante da minha segunda vida.

A última frase derrubou todos os filtros da socorrista.

– Foi o doutor Caio, Caio Bustamante – e correu sem se despedir, atravessando a faixa no sinal amarelo.

Dona Nicinha voltou para casa repetindo na cabeça: Caio Bustamante, Caio Bustamante, Caio Bustamante.

Ao chegar, ligou o tablet e pesquisou no Google: Caio Bustamante médico. O universo às vezes conspira para ajudar os obstinados, apenas um médico com este nome. Caio Bustamante Alvarenga de Jesus, clínico-geral, especialista em socorros de emergência, fundador da Liga de Médicos Pró-Vida.

Entrou no site da organização. O texto de apresentação explicava que era uma instituição sem fins lucrativos, para agregar profissionais de saúde contrários a procedimentos abortivos, de eutanásia, de suicídio assistido e contra o Protocolo de Decisão Individual, pois a vida é um bem coletivo e assim deve ser.

Clicou no banner na barra lateral do site, um convite público para a palestra intitulada "Sim à vida: desafios da ética médica", com o Dr. Caio Bustamante. O evento aconteceria na semana seguinte, quinta-feira, às 15h, no Centro de Aperfeiçoamento da Vida, sem inscrição prévia e gratuito.

– A senhora é profissional de saúde? – perguntou a moça na recepção da palestra.

– Sou doula aposentada, mas tenho interesse no tema – mentiu.

– Preencha com seus dados e assine a lista de presença, assim poderemos enviar o certificado de participação por e-mail.

Dona Nicinha preencheu o formulário com dados falsos. Entrou no auditório muito iluminado, procurou um lugar no canto e sentou.

Apenas cinco pessoas aguardavam o início da palestra, mas logo o número de ouvintes aumentou. Ela esperou paciente, com a bolsa sobre as pernas.

Avistou quando o Dr. Caio Bustamante entrou, vestia uma camiseta escrito "A favor da vida". Era um rapaz franzino, alto, muito pálido, como se nunca tivesse visto o sol, preso num quarto de apartamento.

– Foi ele – sorriu consigo mesma.

Ouviu, sem pressa, os quarenta e três minutos da palestra. O doutor falou um monte de bobagem, confirmando que, de fato, jamais saiu dos limites do apartamento. Ele não tinha qualquer noção do que era a vida, apenas repetia arremedos teóricos e científicos que jamais andaram no asfalto.

No final da palestra, quando o bando de alienados se dissipou dos arredores do doutor, Dona Nicinha se aproximou. Ele sorriu, por mera formalidade, pensou que receberia mais elogios. Não reconheceu o rosto daquela que salvou com tanto afinco.

– Caio Bustamante?

– Sim, sou eu.

– Enfim consegui encontrá-lo.

– Nos conhecemos?

– Lembra que há cerca de um mês descumpriu o protocolo e ressuscitou uma senhora que enfartou na Praça da Matriz?

– Santo Deus, como poderia esquecer? – encheu os olhos de lágrimas. – Qual seu nome?

– Nicinha.

– Que coincidência, é o nome da minha avó paterna.

– A vida é mesmo um mistério, não é?

– Por isso luto tanto por ela. É muito emocionante ver a senhora tão bem.

– Você me deu uma segunda chance.

– Apenas cumpri minha missão. A vida é nosso dom maior.

– Como amante da vida e estudioso dela, sabe que nossas escolhas têm consequências, não é mesmo?

– Por isso descumpri o protocolo, pra ficar com a consciência tranquila.

– Bom que tem consciência. Procurei por você pra retribuir.

– Ah, não precisa.

– Precisa sim, é um retorno da sua escolha – disse abrindo a bolsa.

Rápida como os socorristas saindo da ambulância, disparou duas vezes contra o médico, sem piscar, depois deu um tiro na própria boca.

Ao vivo

– O que está pedindo é insano.
– A morte me fará inesquecível.
Era uma boa grana, não podia recusar. Assinei o contrato sem ler, páginas demais para ver os detalhes, num restaurante do shopping, como se fosse negócio qualquer, e não uma loucura.

Seu Djair, quem diria que alguém com esse nome ordinário se tornaria o homem mais conhecido da atualidade. Minha função era simples, na teoria: criar os circuitos informáticos e o site com a tecnologia mais avançada. Na prática, os desafios foram muitos, o maior deles: correr contra o tempo. Quando teve a ideia, o câncer estava avançado. Mesmo com a aplicação de células-tronco e o tratamento com nanorobôs, o tumor não regredia. A expectativa era a de que Seu Djair não durasse muitos meses.

Havia também os desafios do trabalho em equipe, o projeto precisava se alinhar às necessidades estruturais da construção, casando com o plano da engenheira. E ainda foi preciso contornar impasses de ordem física, como solicitar que um engenheiro ótico desenvolvesse lentes para as câmeras com o vidro usado nos foguetes e ônibus espaciais, que não embaça em nenhuma circunstância.

Por fim, os circuitos elétricos e o sistema de iluminação precisavam estar integrados à estrutura informática.

Foram quase seis meses de trabalho, equipe formada pelos melhores profissionais. Com verba disponível, o resultado foi melhor do que o planejado.

A festa de encerramento reuniu todos, inclusive os pedreiros. Seu Djair foi o último a chegar ao salão. Entrou na cadeira de rodas, mexendo no controle com dificuldade. Estava muito mais debilitado do que a primeira vez em que nos vimos, a pele tinha uma coloração estranha e uma textura fina, não que tenha tocado, mas mesmo à distância dava para perceber, como se estivesse frouxa, a ponto de se rasgar a qualquer momento.

Ele parou a cadeira de rodas no meio do facho do holofote. A luz, duma tonalidade amarelada, deixava a pele dele ainda mais estranha.

Começou agradecendo, por ajudarmos a realizar seu único e último sonho. Disse que muitos consideraram loucura, tentaram impedir de todas as maneiras, mas insistiu e não se arrepende.

O primeiro a acreditar e apoiar, depois do pagamento antecipado, foi o advogado. Precisava regulamentar tudo, os contratos muito detalhados. Nada podia dar errado.

O desafio maior, Seu Djair relembrou, foi encontrar o cemitério. Fez uma pausa e pigarreou, ecoando nos ouvidos o som incômodo. Continuou: com a moda de cremação, os terrenos perpétuos estavam caríssimos, ainda mais para um empreendimento daquele porte. Como dinheiro para ele não era problema, e tudo se vende e se compra, conseguiu negociar o terreno, desocupando alguns túmulos antigos. Depois foi só contratar os melhores profissionais, trazendo até gente de fora da cidade para colocar o plano em prática.

— Apesar de muito rico, sempre fui homem simples, sem vaidade. Quando recebi o diagnóstico, pensei: se minha vida foi ordinária, posso fazer a morte inesquecível — e riu seco, pigarreando logo em seguida, num eco de mau agouro.

Agradeceu, com a voz rouca, a todos que ajudaram a concretizar seu sonho.

— Divirtam-se — foi a última coisa que ouvi dele. Ainda hoje lembro da entonação, algo profético, daquelas bobagens que ganham outro peso na boca de quem está para morrer.

Por mais estranho que fosse, todos se divertiram naquela noite, inclusive eu, que bebi mais champanhe do que devia e acabei beijando a engenheira responsável pelo projeto, mulher que era demais para mim.

Da festa até o enterro, foram 47 dias. Tivemos tempo suficiente para testar a iluminação, o funcionamento das câmeras e a estabilidade do site. Nada podia dar errado.

Videomakers de diversos canais de sucesso e até alguns repórteres, das poucas emissoras que não decretaram falência, registraram o fechamento do mausoléu. Nas redes sociais, não se falava de outra coisa.

Os acessos ao site ultrapassaram um milhão em menos de meia hora. Todos queriam ver a cara de Seu Djair, que parecia sorrir para a câmera, com uma expressão leve, confortável. Por causa da maquiagem, a coloração da pele não ficou tão estranha no vídeo; ao vivo, quer dizer, pessoalmente, era bem pior.

#pharaohofinternet foi a hashtag mais compartilhada por semanas. Só depois soube que uma agência de social media gerenciava tudo, para o alcance ser cada vez maior. O domínio do site, www.eternity.web, foi comprado de uma igreja neopentecostal do Texas, só para garantir que os gringos acessassem a página.

Com o passar dos dias, a pele voltou à coloração estranha, imaginei que as visualizações cairiam. Não foi o que aconteceu. Os acessos, mais de dois bilhões diários, não diminuíram, pelo contrário, subiram no decorrer das semanas. Seu Djair continuava plácido e confortável, e se tornou o homem mais conhecido do globo. O site foi acessado por pessoas de todos os países, 78% dos usuários voltavam diariamente, com uma média de 7,34 minutos de permanência.

Quando a pele se tornou arroxeada e os contornos ganharam outros volumes, decidi parar de acompanhar o vídeo. Eu me questionava, sem respostas, como um homem apodrecendo se tornou o reality show mais assistido da história da humanidade.

Contrariando minhas ingênuas expectativas, a audiência só aumentou, chegando a 2,7 bilhões de acessos por dia. Os números deviam estar errados. Ou eu, afinal, estava louco; ou 1/3 da humanidade que estava insana. Mórbidos do caralho, bando de doente, eu pensava.

No 43°dia, quando o acesso ultrapassou 3 bilhões, não consegui dormir. Tentava encontrar uma resposta. Rolei pela cama, lembrando do rosto simpático no dia em que o conheci, misturado com frames do sorriso estático e mórbido na tela do notebook. Minha cabeça girava como na noite da festa, bêbado de champanhe, só que mais atormentado. Nenhuma lógica explicava, nenhuma razão, o mundo inteiro assistindo um cadáver, fazendo de

Seu Djair, ou melhor, de sua carcaça, a coisa mais famosa do mundo.

Levantei impaciente e fui à cozinha. Esquentei o leite no micro-ondas, exagerei no açúcar e na canela. Bebi e fiquei enjoado. Ou talvez fosse essa história maluca. Uma sensação estranha me tomou, como se não estivesse no meu próprio corpo. Será que tudo isso aconteceu? E se for devaneio da minha cabeça?

Procurei pelo iPhone, estava no lugar de sempre, na mesinha ao lado da cama. Foi só digitar as primeiras letras e o navegador do tablet completou o resto, eternity. web. Quando o vídeo carregou, segurei o jato quente que subiu pela garganta. Uma gota doce e com cheiro de canela escorreu do nariz. Impossível parar de olhar, lá está ele, fixo, fascinante e sorrindo, cada vez mais.

Um caso difícil

Mediadora virtual

Todos estão logados na sala virtual de audiência, então podemos começar o julgamento de José Silveira dos Reis, acusado de lesão corporal grave, tentativa de feminicídio e omissão de socorro à vítima, Ângela Soraya Martins de Melo, na época, esposa do acusado. Para iniciar os trabalhos, o réu pode contar o que aconteceu na noite do dia 23 de agosto?

Câmera de José Silveira

Naquela noite, voltei para casa mais cedo. Era nosso aniversário de casamento, três anos, a comemoração seria um jantar. Quando cheguei, a mesa ainda não estava posta, então fui organizar os pratos, talheres e copos. Ângela viu que peguei os pratos comuns e pediu para trocar. Era uma ocasião especial, devíamos usar os pratos de porcelana que foram do enxoval da bisavó dela. Esses pratos estavam na prateleira mais alta, tive dificuldade de alcançá-los. Por mais que a prótese seja de última geração, nada se compara ao alongamento e flexibilidade de um braço de verdade. Acabei na ponta dos pés para conseguir pegar, me desequilibrei, deixei cair dois pratos, que se espatifaram na bancada de mármore. Ângela ouviu o barulho e começou a gritar, que os pratos eram relíquia de família, que eu era um imprestável, que nunca fazia nada direito. Fiquei muito nervoso, sabia que aqueles pratos eram importantes para ela. Pedi desculpas, expliquei que tive dificuldade por causa da prótese, ela não parava de gritar. Então saí da cozinha e deixei ela lá descontrolada. Fui para a varanda fumar um cigarro. Confesso que fiquei muito triste, pensei que o jantar estivesse arruinado. Não havia o que fazer, então disse para mim mesmo: não foi de propósito, desnecessário aquele escândalo todo, eram só umas porcelanas craqueladas. Todo prato um dia quebra, foi a hora daqueles. Quando eu estava quase acabando o cigarro, Ângela chegou na varanda, disse que ficou muito alterada, mas sabia que eu não tinha culpa, na minha condição coisas assim acontecem mesmo. Me senti imprestável com o jeito que ela falou "sua condição". Não é nada confortável ouvir a mulher com quem decidiu passar a vida falando de você como se fosse um inútil. Fingi que estava tudo bem, ela me pediu um cigarro. Depois que acabei de fumar, voltei para finalizar a arrumação da mesa. Ângela subiu para tomar banho, eu entrei no aplicativo do Uber Eats e encomendei o jantar no restaurante marroquino onde pedi a mão dela em casamento. Quando estava tudo encaminhado, foi minha vez de tomar uma ducha. Ângela recebeu a comida. Depois do banho, voltei para a cozinha, abri um vinho rosé e brindamos ao nosso amor. Ela se serviu, depois me serviu. Estávamos jantando tranquilos, nem parecia que tínhamos nos desentendido momentos antes. Foi quando algo de muito estranho aconteceu: enquanto eu cortava um pedaço do bife de cordeiro, senti a prótese enrijecer. Tentei mover os dedos, não obedeceram ao comando. O braço mecânico avançou para cima de Ângela, com a faca na mão, e atingiu o peito dela com dois golpes. Tentei controlar a prótese com meu braço, mas eu estava refém, tinha vida própria, foi algo assustador. Contra minha vontade, a prótese agredia a mulher que eu amava, não podia deixar isso acontecer. Para impedir um novo golpe, no rosto dela, coloquei minha mão na frente. Vê esta cicatriz que vai do dedo mínimo até o pulso? Fui eu tentando salvar Ângela do ataque da prótese. Foi isso, mediadora, não sei de fato o que aconteceu, aquela coisa estava funcionando sozinha. Não posso ser acusado desses crimes, sou tão vítima quanto Ângela. Nós dois podíamos ter morrido.

Mediadora virtual

Consta nos autos que não prestou socorro. Saiu do apartamento e deixou a senhora Ângela sangrando na mesa de jantar. Se não fosse o chip de salvamento automático, que acionou os socorristas, a vítima provavelmente viria a óbito.

Câmera de José Silveira

Fiquei em choque. Não sabia o que estava acontecendo, acho que saí para pedir socorro. Estava tão desnorteado que não conseguia saber para onde ir, nem o que fazer.

Mediadora virtual

O senhor foi encontrado no meio da rua, todo ensanguentado, segurando a arma do crime. Não pediu ajuda a ninguém.

Câmera de José Silveira

Não era eu quem segurava a faca, era a prótese.

Mediadora virtual

Então continua acusando a prótese de cometer o crime, como se um artefato que estava sob seu comando pudesse ter autonomia?

Câmera de José Silveira

Fui tão vítima quanto Ângela. Quando consegui falar, gritei que tirassem a prótese de mim. Eu temia por minha própria vida.

Mediadora virtual

Por que o senhor mesmo não tirou?

Câmera de José Silveira

Estava em choque, já disse.

Mediadora virtual

Quer acrescentar algum detalhe ao seu depoimento?

Câmera de José Silveira

Só gostaria de repetir que sou inocente.

Mediadora virtual

Sem mais a acrescentar, prosseguiremos com o depoimento da vítima, Ângela Soraya Martins de Melo. Poderia relatar, com detalhes, o que aconteceu na noite do crime?

Câmera de Ângela Soraya

Como ele já falou, era aniversário de três anos de casamento. Combinamos de jantar em casa, pedir comida no restaurante do nosso primeiro encontro, não foi do pedido de casamento, como ele contou. José chegou mais tarde do que havíamos combinado. Disse para chegar às 18h30, ele chegou às 18h40. E ainda esqueceu de passar no supermercado para comprar papel higiênico e o sorvete da sobremesa. Quando falei do supermercado, ele agiu como se nada tivesse acontecido, como sempre. Disse que era só pedir no aplicativo de entregas. Preferi relevar, não queria estragar a noite. Então disse para ele colocar a mesa. Quando vi, trazia os pratos que usávamos no dia a dia. Mandei trocar pelos pratos do enxoval da minha bisa, eu adorava aqueles pratos, eram relíquias, sou muito apegada à tradição familiar. Ele voltou para a cozinha, só ouvi o barulho da porcelana estilhaçando na bancada. Me subiu uma raiva tão grande, acho que juntou tudo, os pratos quebrados, ele não lembrar do sorvete e do papel higiênico, e tantas outras coisas, de outros dias. Já entrei na cozinha gritando, não lembro o que disse, sei que estava muito alterada. Em vez de pedir desculpas, ele saiu com a cara cínica e me deixou falando sozinha. Fiquei lá, com os cacos sobre o mármore. Aquele tempo em silêncio foi importante para eu entender que exagerei, era nossa noite, melhor não estragar por causa de dois pratos quebrados. Depois eu podia ir em algum antiquário comprar substitutos. Fui procurar por ele, estava na varanda, fumando. Peguei um cigarro, ele acendeu sem vontade. Então pedi desculpas, contei que estava cansada, que gostava muito daqueles pratos, mas entendia que ele não fez de propósito. Confesso que fiquei chateada porque ele não me pediu desculpas também, eram os pratos do enxoval da minha bisa, poxa. Fiquei calada esperando as desculpas, e nada. Subi para o banho, ele pediu a comida, depois também foi tomar banho, deixou a roupa largada no chão do quarto, falei para ele ser mais organizado, fingiu que não ouviu, peguei a roupa e coloquei no cesto. O interfone tocou, recebi o entregador, deixei a comida na mesa e gritei por ele. Acho que foi à cozinha, isso, ele voltou da cozinha com um vinho rosé. Eu disse que não combinava com cordeiro, melhor um tinto seco. Ele falou que era o único que tinha, porque esqueceu de passar no supermercado, claro. Além do papel higiênico e do sorvete, era pra comprar o vinho. Ele disse que tudo bem, esse negócio de harmonização era uma viadagem. Sabe que eu não gosto de piadas homofóbicas, mas fez questão de dizer assim mesmo: viadagem. Preferi relevar mais uma vez, para não começar outra briga. Então servi o prato dele, depois o meu. Brindamos e começamos a comer em silêncio. Lembro que olhei para ele, estava com a cara fechada, e em vez de dizer alguma coisa, de esboçar qualquer reação, levantou rápido e enfiou a faca que usava para cortar o cordeiro no meu peito. Depois disso, só me lembro do sangue escorrendo pela toalha, pensei que a mancha não ia sair.

Mediadora virtual

Consegue descrever a reação dele no instante antes de te atacar?

Câmera de Ângela Soraya

Já disse, ele me olhava em silêncio. É como se planejasse alguma coisa, na hora eu não sabia o quê. Até que ele levantou e me deu as facadas.

Mediadora virtual

A senhora se sentiu ameaçada em algum momento daquela noite?

Câmera de Ângela Soraya

Sempre achei que ele fosse incapaz de qualquer coisa. E olha no que deu, quase fui vítima de feminicídio por causa de um maníaco com quem dividia a cama.

Mediadora virtual

E em outros momentos, sentiu-se agredida ou ameaçada? Ao longo dos três anos de casamento, ele demonstrou comportamento agressivo ou violento, mesmo que fosse alguma insinuação verbal?

Câmera de Ângela Soraya

Ele sempre foi um homem pacífico. Eu que era a estressada da casa, jamais pensei que isso pudesse acontecer. Não conhecia o monstro com quem tinha me casado. Agora estou aqui, com essa cicatriz no peito. Só não atingiu o coração porque a prótese de silicone impediu que a lâmina entrasse mais fundo. Foi minha única sorte.

Mediadora virtual

Então foi uma surpresa para a senhora o ataque do senhor José Silveira, na época seu marido?

Câmera de Ângela Soraya

Surpresa bem desagradável. Agora quero justiça, ele não pode sair impune depois de tentar me matar.

Mediadora virtual

A senhora diz que o réu nunca apresentou nenhum comportamento suspeito. Ele alega ser inocente, relata que a prótese saiu do controle dele. Na noite do crime, a senhora se lembra de o acusado lutar contra a própria prótese para te proteger?

Câmera de Ângela Soraya

Foi tudo muito rápido. Minhas lembranças são confusas, ninguém espera que vai ser esfaqueada pelo marido na noite do aniversário de casamento. Mas não acredito nessa versão de que a prótese ganhou vida. Ele fez de propósito, porque estava chateado devido à discussão por causa dos pratos.

Mediadora virtual

A perícia não encontrou nenhuma outra testemunha para relatar o que aconteceu naquela noite. E não havia sistema de segurança interna no apartamento, procede?

Câmera de Ângela Soraya

Estávamos só nós dois, não há mais ninguém que possa testemunhar. A única prova necessária é essa cicatriz no meu peito, ele tentou me matar.

Mediadora virtual

Confirma que o apartamento não possuía sistema de segurança interna? Nem mesmo de gravação de áudio?

Câmera de Ângela Soraya

Foi uma escolha em conjunto manter a privacidade. Eu confiava nele, não tinha porque gastar com essas modernidades. Ele parecia um homem pacato, até tentar me matar.

Mediadora virtual

Gostaria de acrescentar mais alguma informação ao depoimento?

Câmera de Ângela Soraya

Só quero justiça. Esse agressor de mulher precisa passar pelo processo de castração química e pagar pelo que fez na cadeia.

Mediadora virtual

Sem mais, passamos para o advogado de defesa.

Câmera do advogado de defesa

Meu cliente já apresentou a versão dele, explicou com detalhes o que de fato aconteceu naquela noite. Uma noite de celebração, uma noite de amor, uma noite de alegria, que acabou com duas vítimas. Sim, meu cliente e a esposa, ou melhor, ex-esposa, a senhora Ângela Soraya, foram vítimas da tecnologia. Meu cliente necessita da prótese biônica para realizar suas atividades. Por desventura do destino, o jovem José Silveira perdeu o braço depois de uma infecção provocada por alergia à tatuagem, uma fatalidade. Quem diria que algo indefeso como um adorno corporal pudesse vitimá-lo de maneira tão grave? Da mesma forma, meu cliente foi mais uma vez vítima do infortúnio provocado por uma prótese biônica que ganhou vida própria. Temos visto os benefícios proporcionados pela tecnologia, mas também há muita desgraça quando as máquinas saem do controle humano. Foi o que aconteceu. Vejam só, um homem e sua esposa atacados por um braço mecânico descontrolado. Por sorte, e isso precisamos agradecer a Deus, não houve nada mais grave além de cicatrizes e recordações ruins. Acham mesmo que meu cliente, como relatou reiteradas vezes a própria ex-esposa, um homem ordeiro e pacato, amoroso, prestativo e carinhoso, atacaria a mulher com quem decidiu partilhar a vida por causa de uma discussão trivial do matrimônio? Estamos, senhoras e senhores, diante de um novo desafio para as práticas jurídicas, um caso em que o humano é vítima da máquina. Meu cliente não pode ser culpado por algo que ele mesmo sofreu. Quem deve ser condenada é a fabricante da prótese, por comercializar esses aparatos que saem do controle, colocando vidas em risco. Por isso, abri um processo contra a empresa, para que seja responsabilizada pelos crimes cometidos pelas máquinas que produz.

Mediadora virtual

Sem mais por parte da defesa, passamos a palavra para a promotoria.

Câmera da advogada de acusação

Saudações a todas e todos, em especial à mediadora virtual, por conduzir tão bem esta sessão. Gostaria de começar destacando que não se trata de um crime qualquer, mas de uma tentativa de feminicídio, um homem incidindo sobre uma mulher, por causa de sua visão deturpada de se achar superior a ela. Minha cliente foi agredida por um homem cínico, que conseguiu dissimular durante quatro anos, um de namoro e três de casamento, até mostrar a verdadeira face naquela fatídica noite, depois de uma discussão na qual a senhora Ângela Soraya, minha cliente, mostrou sua insatisfação diante das reiteradas atitudes do senhor José Silveira, na época, cônjuge da vítima. Na noite do jantar de casamento, ele esquece de levar o que a esposa precisava, em uma das muitas e repetidas irresponsabilidades, o que causou o mal-estar inicial, que se agravou com a quebra dos pratos do enxoval da bisavó da minha cliente. Não eram pratos quaisquer, foram pratos que resistiram a mais de um século, suportaram o tempo, as mudanças, mas não resistiram ao descuido do senhor José. Cabe aqui levantar suspeitas: foi mesmo um acidente ou o acusado fez de propósito? Deixou cair os pratos para irritar minha cliente, que já havia demonstrado o descontentamento prévio pelo esquecimento do sorvete e do vinho, que eram componentes fundamentais para a alegria daquela noite festiva? Em seu depoimento, o réu afirma que os pratos foram derrubados devido à limitação da prótese. Mas é só observar as atividades realizadas pelo senhor José para constatar que a referida prótese nunca foi um empecilho para nada. A mesma prótese não foi limitada para ele fazer aulas de tênis, por exemplo, atividade que exige muito mais destreza que pegar pratos num armário. Solicitei os autos do processo e analisei o relatório da perícia feita na prótese. Segundo o laudo técnico, abre aspas "a peça anatômica analisada não apresenta qualquer falha em nenhum dos seus sistemas, a saber: circuitos eletrônicos, softwares informáticos, tampouco apresenta avarias de ordem mecânica ou física", fecha aspas. Ou seja, a prótese, acusada de ganhar vida própria, estava em perfeitas condições. Também pesquisei sobre o modelo FX897, no site da fabricante, líder mundial na produção de peças de reposição corporal, que utiliza da mais alta tecnologia para desenvolver seus produtos. Os movimentos das próteses são todos controlados por impulsos cerebrais, ou seja, se não for o corpo do portador, a prótese é apenas um simulacro de braço, inerte. Os movimentos só existem devido à vontade do usuário, no caso, um feminicida, que esfaqueou a esposa por motivo torpe, depois cortou a própria mão e fingiu estado de choque para se fazer de vítima, contando essa história estapafúrdia que a prótese ganhou vida própria.

Mediadora virtual

Temos aqui um pedido de objeção da defesa. Pedido aceito, a palavra está concedida.

Câmera do advogado de defesa

A promotoria acusa o réu de estar ciente do crime, no entanto, como consta no laudo psicológico, meu cliente não possui nenhum tipo de transtorno, nem demonstrou aversão à figura feminina ou relacionada à esposa. Segundo o psiquiatra forense que redigiu o laudo, é possível que o comportamento automático da prótese, que levou à falta de controle do aparato, tenha se dado devido a uma interferência do inconsciente. Uma vez que o funcionamento cerebral é muito complexo, algum impulso neural não controlável pode ter disparado a ação involuntária da prótese, o que corrobora para a inocência do meu cliente. Sem mais, mediadora.

Mediadora virtual

A palavra está de volta com a promotoria.

Câmera da advogada de acusação

A fala da defesa não poderia ser mais sentenciatória. O laudo do psiquiatra forense não inocenta o acusado, é mais uma prova da culpa. Cogitar a possibilidade de um suposto comportamento automático disparado pelo inconsciente do senhor José só prova que ele, em algum momento, pensou em esfaquear a esposa, e esse comando foi compreendido pela prótese. Agradeço à defesa por ajudar a esclarecer que o senhor José é um feminicida frio, que nutria pensamentos de morte da esposa, e acabou concretizando essa ação vil no dia do aniversário do matrimônio. Espero que todas e todos do júri estejam cientes da gravidade disso. Sem mais, mediadora.

Mediadora virtual

Diante dos fatos e argumentos apresentados pelas partes, daremos início à decisão do júri. Senhoras e senhores que assistem a esta sessão, deliberem no sistema online do tribunal: o senhor José Silveira é culpado ou inocente?

2

RH+

– Não reagiu de maneira positiva a nenhum dos tratamentos. Nem mesmo o Composto X5677 modificou seus pensamentos negativos – o médico informa. – Não está apta para retornar à sociedade, creio que passará o resto dos dias na Colônia.

Naomi abaixa a cabeça.

– Vê, isso foi mais um teste e você reprovou. Se estivesse pronta para sair, diria sentir nova energia, brigaria de maneira enfática para voltar a sua antiga vida, ao trabalho, aos amigos.

De cabeça baixa, ela mexe nos dedos.

– Tentamos de tudo para te livrar desse modo negativo e apático, mas nem a medicação, muito menos o acompanhamento dos coaches Vida Positiva surtiram qualquer efeito. E você não parece colaborar muito para sair daqui, voltar a sorrir e empreender lá fora, onde todas as pessoas são alegres e bem-sucedidas.

Ela levanta a cabeça, em vez de reagir às palavras do médico, olha para a janela. A luz entra num rasgo perpendicular, projetando um clarão intenso que se derrama pelo chão até a ponta do tapete.

– Seu quadro é grave, por isso foi selecionada para integrar o grupo de teste do novo tratamento. Todos os pacientes da Colônia que não respondem de forma satisfatória aos tratamentos possuem o fator RH-. No começo, a coincidência não foi levada a sério, os pesquisadores do Centro de Estudos da Felicidade desconsideravam os efeitos disso sobre o humor, mas o avanço das pesquisas identificou que o antígeno negativo bloqueia o efeito dos tratamentos, até mesmo os hormonais, que são mais invasivos. Todos os internos RH- serão submetidos ao processo de positivação. Precisa assinar o termo de consentimento e, antes de apresentar alguma objeção, informo que a participação é obrigatória.

O médico coloca os papéis sobre a mesa.

Naomi volta o olhar na direção da janela, em vez de atentar para o feixe luminoso, observa a sombra escura ao redor.

– As sombras são bonitas – ela diz.

– É por isso que precisa do tratamento – o médico estende a caneta.

Naomi está sentada na cadeira. O encosto cinza, de material sintético, é bastante reclinado. O ar tem cheiro de uma essência doce e insistente, exalada pelo aromatizador escondido atrás da cortina cor de lavanda. Não parece uma sala de hospital, as paredes não são brancas, mas em tom cinza, meio esverdeado. A luz é amarela, o que dá certo aconchego de outono à sala. Também não está frio nem calor, uma sensação amena, que faz o corpo relaxar.

Os cabelos de Naomi se espalham sobre o cinza da cadeira. São muito pretos, lisos, e a luz reflete nas ondulações involuntárias, apresentando um brilho macio que impele a passar a mão. Ela sente uma ânsia insistente. Ficou assim desde que iniciou os preparativos para o tratamento, com comprimidos e cápsulas de vitamina. Mas o que a deixa enjoada mesmo são as injeções da enzima XDF, antirreagente que evitará a rejeição do novo sangue.

Sobre a cabeça de Naomi há uma luminária que reflete muita luz. Ela fecha as pálpebras sem dobras e esconde os pequenos olhos pretos do excesso. Fica mais confortável protegida, na sombra e em silêncio. Foi assim desde sempre, mesmo quando criança, ficava horas contemplando quieta. A mãe a levou a psicólogos, terapeutas e coaches, tentativa de torná-la mais extrovertida. Queria que ela fosse para fora, Naomi sentia-se segura por dentro. Era uma pequena aberração calada, em nada se parecia com as outras crianças hiperestimuladas, que tomavam doses cada vez maiores de ritalina.

A enfermeira se aproxima, coloca a bandeja que segura sobre a mesinha ao lado da cadeira acolchoada. Naomi olha, não sorri, continua em silêncio. Uns 30 anos a enfermeira deve ter, está vestida com um jaleco estampado com pequenas flores coloridas, explica o procedimento: o sangue será substituído, não sentirá dor, precisa se manter relaxada durante as oito horas da positivação. Pode dormir, sem tirar os fones. Depois do procedimento, continuará a ser acompanhada pela equipe de pesquisadores, para garantir que o organismo assuma o novo tipo sanguíneo.

– Por favor, estique o braço esquerdo.

Envolve o braço de Naomi com o garrote, passa o algodão embebido em álcool na dobra do cotovelo.

– Sentirá apenas uma picada.

Perfura a veia com a grossa agulha, fixa o tubo transparente com um adesivo azul.

– Não faça movimentos bruscos para não desconectar a agulha. Está confortável?

Naomi afirma com a cabeça.

– A temperatura está boa? Quer que eu troque a essência do sistema aromático? Precisa estar relaxada, a fim de evitar pensamentos negativos, eles podem interferir no procedimento.

Naomi olha para a cortina lavanda, combina tão bem com o cinza esverdeado da parede.

– Está mesmo confortável?

Naomi afirma outra vez com a cabeça.

– Bom, para finalizar, colocarei os fones em você. Com licença – a enfermeira toca no cabelo sombreado de Naomi, que escorre pelos dedos. Coloca os headfones de forma que cubram as orelhas, finge ajeitá-los só para tocar mais uma vez nos fios que repelem a luz com reflexos ágeis.

– Consegue ouvir?

Nos fones ecoa o prelúdio para violoncelo de Bach. Naomi afirma com a cabeça.

– O volume está bom?

Ela repete o movimento com a cabeça e fecha os olhos.

A enfermeira observa se está tudo correto antes de ligar a máquina de metal ao lado da cadeira acinzentada. O mecanismo começa a girar iniciando a hemodiálise que fará o sangue negativo de Naomi ser positivado.

– Se precisar de algo, aperte o botão amarelo no braço da cadeira. O mais provável é que durma durante boa parte do procedimento.

Antes de sair, a enfermeira reduz a iluminação. Naomi fica na penumbra, os olhos negros não são agredidos pelo imperativo da luz.

Por causa dos fones, não escuta o barulho repetitivo da máquina, que substitui o sangue por outro positivo.

A tocata de violoncelo termina, logo inicia o som de água, que corre insistente. Uma voz etérea ao fundo repete frases soltas:

"A luz é o melhor dos caminhos".

A água flui dentro dos ouvidos de Naomi.

"Partilhar a vida com quem amamos para alcançar a plenitude".

O barulho de corredeira vira ondas.

"Pense positivo e viva bem".

Canto de mar ecoa na cabeça de Naomi.

"Empreender é nossa missão para um mundo melhor".

Ondas rebentam na praia.

"Nutra pensamentos iluminados para uma vida feliz".

O correr das ondas é substituído pelo farfalhar de folhas na chuva.

"A felicidade é a conquista de quem pensa em luz".

Gotas explodem na superfície das folhas.

"Consuma bons sentimentos para iluminar o mundo".

Som de chuva forte, o vento uiva distante.

"Pense positivo e sorria".

O barulho da chuva aos poucos é encoberto pelo canto de cachoeira.

"Seja luz e pense bem".

A água escorre intensa pelos ouvidos de Naomi. Pálpebras pesadas, o corpo leve. Respira fundo, de maneira compassada.

"A vida vale a pena".

Os dedos da enfermeira deslizando pelos cabelos fazem Naomi despertar.

– O procedimento acabou.

A enfermeira tira o esparadrapo e livra Naomi do tubo transparente com agulha na ponta. Ao redor do furo, está um pouco arroxeado, contrastando com a alvura da pele. A enfermeira esconde a mancha com um band-aid redondo, estampado com um smile.

– Como se sente?

Naomi sorri, dentes pequenos, sem pontas agudas. Um sorriso débil. Sente a boca seca e tem fome. Esfrega os olhos.

– Pode aumentar a luz? – pede à enfermeira.

O cocô foi superado

*Cientistas da Universidade Global desenvolveram
cápsulas que libertam o corpo das incômodas fezes*

O último passo da evolução foi conquistado: não precisamos mais fazer cocô. O humano já pode se livrar dessa ação animal e primitiva. Graças aos avanços das pesquisas em Nutrição, é possível trocar alimentos maléficos, repletos de gorduras trans, agrotóxicos, glúten, lactose e açúcar, por cápsulas proteostáticas, que contêm os nutrientes necessários para o bom funcionamento do organismo.

Além de garantir o suprimento de vitaminas e sais minerais, as cápsulas podem ser personalizadas para atender às especificidades de cada consumidor. Por exemplo, alguém com imunodeficiência pode acrescentar nanorobôs à fórmula, que ajudarão a combater os causadores das inflamações e alergias. Ou então pessoas com tendência à anemia podem potencializar a fórmula com uma carga maior de ferro, garantindo melhor saúde e o aperfeiçoamento da qualidade de vida.

As cápsulas funcionam tão bem que não é mais necessário ingerir alimentação complementar. O resultado a médio prazo é a limpeza total do intestino, uma vez que não há mais alimentos para serem digeridos. Todos os componentes das cápsulas, inclusive o revestimento, são absorvidos pelo organismo. O excedente é sintetizado pelos rins e expelido na urina.

Efeito inesperado
A ideia inicial da equipe era elaborar um suplemento alimentar para pessoas que levam uma vida corrida. "Com o desenvolvimento da pesquisa, percebemos o potencial das cápsulas proteostáticas. A patente foi adquirida pela Bayer, que passou a produzir em escala comercial", explica Peterson Dias, pesquisador responsável pelo projeto.

Os usuários apontam inúmeros benefícios. "Como não sabíamos mais o que comer, ficou muito complicado manter uma alimentação saudável. Com as cápsulas, não tem erro", considera Márcia Sandrini, empresária do ramo de social media.

Márcia destaca, ainda, que o efeito de não fazer cocô é uma das melhores coisas que experimentou na vida. "Me sinto sempre limpa, uma sensação de leveza e bem-estar. E ainda é ecológico, evita o desperdício de água e papel", salienta.

Aperfeiçoamento controverso
O antropólogo Marcelo Santiago comenta que o ser humano é uma espécie em constante aperfeiçoamento e mudança. "Sempre estamos tentando nos diferenciar dos outros animais, então superar a barreira e o tabu das fezes nos coloca em outro patamar da cadeia evolutiva", pondera.

Apesar da grande aceitação, é possível encontrar uma série de críticas ao produto. Cristiana Brito, idealizadora do grupo Vida Natural, considera a ideia de não fazer cocô absurda. "Cagar é algo que nos constitui enquanto espécie. Ao longo da história, a humanidade tem feito merda o tempo todo, em todos os lugares. Era o que nos diferenciava dos robôs, por exemplo".

Os manifestantes do Vida Natural organizaram uma campanha mundial contra as cápsulas, difundindo o slogan "cague sim, cague muito", como forma de combater a supremacia da indústria fármaco-alimentícia. "Nós defendemos os prazeres básicos: comer e cagar. É um direito humano, não podemos perder isso em nome da cosmetificação da vida", defende Cristiana.

Apesar das críticas, os adeptos das cápsulas proteostáticas aumentam a cada dia, em especial entre o público gay.

Overdose

Tudo começa muito antes do início. Esta história começa quando uma molécula se sentiu sozinha e se juntou a outra. Foi a primeira tentativa de vencer a angústia de existir. Depois surgiram as pedras, os dinossauros, as briófitas e pteridófitas, os bichos e, por fim, o corpo.

O corpo é carne crua, morre e apodrece. E morrer é a maior das angústias do corpo, que é uma junção daquelas moléculas do começo que tinham medo de ficar sozinhas. Só dessa constatação é possível ter uma noção de quanta angústia está entranhada nas fibras e mucosas do corpo.

Foi por isso que alguns corpos, os mais angustiados, buscaram alternativas para sanar aquelas coisas que faziam doer a carne. Chamaram sentimentos, e são muitos. Alguns o corpo gosta, outros nem tanto. Então dentre os corpos, houve aqueles que decidiram dedicar o tempo que chamam de vida para descobrir como bloquear as sensações que a carne não gosta: medo, dor, angústia, tédio, morte.

Criaram pós, ampolas, elixires e bálsamos, pomadas, unguentos e xaropes. Porque precisamos acalmar e dar algum sossego à carne. É necessário que alvéolos não estejam constipados, que as tripas não estejam interditadas, que o oco dentro da cabeça não lateje de dor.

Por todas as cidades, debaixo de letreiros neons, em quase qualquer esquina, há magazines para curar o corpo da angústia que é viver. De alto a baixo das prateleiras, produtos para as dores. E o corpo ficou melhor, demora mais para perder a validade. E quanto mais o corpo dura, mais a dor se aperfeiçoa, o que obriga a buscar novos emplastros.

Agora há até mesmo a dor do esquecimento, quando o corpo deleta todas as lembranças porque não quer mais existir. Ainda assim, por meio de pílulas e injeções, mantêm a carne em seu mau funcionamento, às vezes por anos e anos, até que o corpo se esquece até mesmo de engolir. A morte adiada se vinga de maneira muito cruel do corpo.

Tudo isso é repetitivo para a maioria de vocês, que também são corpos. E, é certo, já fizeram o uso de algumas dessas substâncias para acalmar a agonia de existir. Muitos até nasceram sem dor, a vida como o torpor da anestesia, o corte certeiro do bisturi na carne.

Os remédios, psicotrópicos, opiáceos e tóxicos estão cada vez mais potentes. Acabou que os corpos buscam sentir qualquer coisa que não seja apatia, algum gosto na boca que não seja insosso. Há até quem, por vontade própria, submete o corpo a desafios, só para sentir percorrer pelo córtex cerebral alguma sensação de que estão vivas. Mesmo que não seja uma sensação boa, como rasgar a epiderme com a ponta de um estilete. É que não dá pra viver assim, sem sentir nada.

Então os corpos se mobilizaram em torno de novas pesquisas, isso que chamam de Ciência. Agora, em vez de remédios para tirar as emoções e a vontade, a farmacologia contemporânea desenvolveu sensações controladas, em gotas, comprimidos ou adesivos, que podem ser colados à pele, com a liberação gradativa das substâncias na corrente sanguínea, para que o corpo sinta todas as delícias, sem as dores de existir.

Depois desse alongado preâmbulo, podemos apresentar um estudo de caso dos efeitos dessas novas drogas no organismo: o nome dele é André Travassos, pós-doutor em robótica, um corpo inerte, como qualquer um dos aparatos que cria.

André nunca soube o que é ser feliz. Desde criança, era um corpo estranho e triste, talvez por um desarranjo na hipófise nunca diagnosticado, ou porque, por azar, carecia da ilusão necessária para achar que a vida de um corpo vale o esforço e a energia empreendidos.

Ele estava sempre cansado, não tinha ânimo para nada, ainda que estivesse cercado de pessoas, e que até mesmo conseguisse mulheres eventuais para sexo casual na webcam. André sempre foi pálido, como a visão que ele tem da vida. Se tomasse ao menos um pouco de sol, ajudaria a melhorar o humor melancólico. Não, sempre preferiu a sombra, e considera que a vida é isso mesmo: nada demais.

André não falou sobre isso durante a consulta, mas por um lapso de segundo o Dr. Sandoval olhou para o rosto magro, caindo os cabelos, e percebeu que faltava àquele corpo isso que chamam vontade ou felicidade. Então perguntou se André não queria fazer parte do grupo de teste de novos medicamentos que estavam sendo desenvolvidos pela indústria que patrocinava a vida do Dr. Sandoval. Claro que o médico não usou essas palavras, falou que era para o avanço da Ciência, e isso comoveu a racionalidade emotiva de André, que sentiu certa fagulha amarela ao perceber que poderia ser útil para o avanço do conhecimento.

Na semana seguinte, depois de assinar o Protocolo de Risco, que não leu, André foi para a entrevista com a equipe da pesquisa, comandada pela Dr³. Gisele Koch. Foi ela mesma quem conversou sobre os riscos do tratamento. Ele não se importava. Se era para o bem da Ciência, seria o corpo-mártir. No final, nem daria em nada, estava tudo tão avançado que aqueles testes eram protocolares, para o governo liberar a comercialização das substâncias.

A droga em questão, explicou a Dr³. Koch, era conhecida como paixão sintética, recomendada para corpos com apatia crônica, falta de vontade e racionalismo inveterado. Era necessário seguir à risca a dosagem de teste, os efeitos colaterais ainda estavam em análise, por isso mesmo era importante que o paciente relatasse todas as alterações físicas e de humor no prontuário da pesquisa.

De tudo o que André ouviu, gravou apenas que deveria pingar três gotas do composto na língua depois do dejejum.

Manhã seguinte: uma, duas, três. Não sentiu gosto de nada, só uma leve dormência se espalhando pelas papilas.

Depois do café, escovar dentes, ônibus para a universidade, aula. André monologando horas seguidas sobre circuitos elétricos para nanorobôs que reconstituíam neurônios danificados em pacientes com Alzheimer. Enquanto falava, sentia as mãos aquecidas. Gostava mesmo daquilo, dar aula, falar sobre peças e componentes dos robôs, que para ele eram pessoas melhoradas e não faziam cocô, não tinham soluço, não arrotavam nem choravam.

Os alunos riam das constatações de André. Pela primeira vez, ele se sentiu engraçado e interessante. Tudo parecia fazer sentido, as escolhas, acordar cedo, preparar aula, os alunos, aqueles corpos em formação, despreparados para quase tudo. André sentiu um nó na garganta e se desconheceu. O que era aquilo? Uma emoção descontrolada? Ele não podia, isso era para os humanos pouco instruídos, ele precisava apelar para a razão, era apenas a sala de aula de sempre, troca de informações, como os circuitos computacionais.

À noite, André teve muita fome e comeu com vontade a lasanha congelada que aqueceu no micro-ondas. Antes de dormir, anotou no prontuário que sentiu calor durante todo o dia. Como reação positiva, relatou que estava mais disposto e animado do que nas semanas anteriores. Considerou escrever: do que em toda a vida, mas isso soava exagerado demais.

André acordou cedo, como todos os outros dias, só não levantou de maneira automática. Era como se tivesse algo de importante e urgente para fazer, ainda que na agenda os compromissos fossem a aula de introdução à robótica para os calouros e a defesa de uma dissertação. Depois de comer banana com granola, André pingou as três gotas na língua. Como não sentiu nada de muito diferente no dia anterior, pingou mais uma gota.

Depois da aula, pela primeira vez, uma aluna se aproximou para fazer um elogio, disse que o professor passava o conteúdo com vontade. Ele se sentiu lisonjeado, percorreu pelo corpo algum disparo elétrico desconhecido, uma corrente rápida, mas suficiente para André entender que frente a ele, além de uma aluna, estava uma mulher, corpo e carne fêmea. Ajeitou a postura, agradeceu pelo feedback, palavra que ele adorava repetir, e saiu pelo corredor com a sensação de dever cumprido, como se tivesse acabado de lavar toda a louça e o inox da pia brilhasse na penumbra da cozinha. Era mais ou menos isso que ele sentia, ou seja, uma sensação desconhecida, até porque não lavava os pratos, tudo ficava amontoado na pia para a diarista.

À tarde, na banca de defesa da dissertação, André foi eloquente, assinalou os pontos fracos da pesquisa, mas fez questão de ressaltar a importância do trabalho em tempos como este, quando a Ciência está sendo vilipendiada pela ignomínia da cegueira do saber. Ninguém na sala sabia ao certo o que significava ignomínia, mas era uma palavra bonita e a vibração da voz de André conduzia a uma vitalidade emocionante.

Então era isso, viver podia ser quente? André, sempre tão cético, sentia a necessidade de falar sobre como vivia melhor depois das doses de paixão que administrava todas as manhãs, sempre com algumas gotas a mais, porque não há paixão sem exagero, isso todo mundo sabe. André não sabia, por isso era até difícil relatar no prontuário o que sentia, o porquê daquela respiração ofegante, uma agonia boa por dentro, como se o tempo estivesse acelerado, e a vontade de correr, necessidade de ser corpo em movimento, e as palpitações, um gosto bom na boca, mesmo que não comesse nada além do trivial.

Sem contar que André foi tomado pelo tesão, sentimento que ele mesmo não sabia nomear. Uma coisa assim meio cachorro, que se aproxima cheirando a bunda do outro, só depois sorri e diz bom-dia. André queria sentir mais daquilo.

Ele não estava mais no controle, perdeu a razão de vez quando decidiu tomar outra dose no almoço. Era só um experimento, para anotar de maneira mais precisa o que sentia no corpo, porque estava com a tarde livre e poderia contribuir para a Ciência, só uma gota na língua, depois outra.

Taquicardia, anotaria no prontuário sobre o coração acelerado. Mas isso já era comum, precisava sentir algo diferente, então mais duas gotas. O nariz bem aberto, sentia a respiração ampla. Quantas gotas, André? Você não sabe mais de nada, porque, olha que coisa linda isso na parede, um feixe de luz que se desdobra em tantas cores, pura Física, a beleza da matéria e do Universo. A existência é algo impressionante, tudo aquilo invadindo o corpo.

Pela primeira vez, André sentiu-se livre para dizer que era feliz. Dizer não, gritar, fazer uma canção. Feliz, nunca pensou que isso pudesse acontecer. Anotaria tudo no prontuário, que a felicidade era o estado real do corpo. E para que conter a felicidade? Manter a paixão presa naquele frasco. Não. André pensou em escrever que o frasco deveria ser vermelho ao invés de transparente, porque a vida era uma rajada de sangue contida na barragem do corpo. E ele tinha o direito de ser feliz, não limitaria a felicidade ao frasco de vidro. Queria mais, aproveitar a folga para passar na sala da Drª Koch e pegar outro frasco, porque aquele acabou e precisava de mais.

Quando os homens da perícia encontraram o corpo sorridente de André, pensaram que o papel babado debaixo da cabeça dele era um bilhete suicida. Ficaram sem entender aquele soneto sobre a beleza da vida escrito fora das linhas.

1

Temporada de caça II

Ketlyn observa o céu. Nada à vista além, nem mesmo as nuvens de poluição. Peteco e Toni estão cansados de esperar, o ronco na barriga, mais uma vez, com aquela dor enjoada do vazio, que vai crescendo mesmo sem aumentar de tamanho. Ela diz para terem calma, o plano vai funcionar.

Na tela rachada do notebook, Ketlyn vê o ponto vermelho se aproximando. É a hora. Ativa o aplicativo. A interferência no geolocalizador faz o drone sobrevoar em semicírculos. Será mais fácil do que planejou, agora é só redirecionar a rota e pousar o drone na laje.

A etapa inicial dá certo, o drone começa a perder altitude, mas a tentativa de pouso ativa o sistema de segurança. Peteco e Toni pulam para a laje do vizinho, as pernas finas e ágeis ajudam na perseguição. O drone quase fica preso nas roupas penduradas no varal de dona Corina. Para azar dos meninos, uma rajada de vento quente levanta o lençol e o drone escapa.

– Rápido, o sistema de segurança está tentando combater a interferência. O drone não ficará em voo baixo por muito tempo – Ketlyn grita.

Toni apressa a corrida, pula para a laje de seu Jão. Vê quando a luz amarela do drone acende. Pega impulso e salta o mais alto que pode, não é o suficiente para alcançar.

– Perdi o controle – Ketlin grita, outra vez.

Toni baixa os ombros e suspira, pensa que o plano tinha tudo para dar certo. Talvez se o notebook fosse mais novo, Ketlyn conseguiria rackear o sistema e pousar o drone no X que desenharam com um pedaço de tijolo na laje. Devia ser igual às cenas que viam nos filmes, em vez disso tiveram que correr pelas lajes, em vão, para cansar e aumentar ainda mais a fome. Toni inspira enquanto assiste o drone subir.

– Merda.

Tudo culpa de Peteco, que nunca ajuda em nada. Toni se enche de raiva, quando se vira para gritar, vê o irmão baixar o estilingue.

Peteco comemora. A pedra foi certeira, o drone cai rodopiando. Os dois correm até o quintal de dona Zulmira, ofegantes.

O drone fica preso na goiabeira. Toni sobe pelos galhos, espetando os braços magros. Agarra a bolsa térmica acoplada ao drone e deixa a carcaça de metal presa à goiabeira.

– Melhor a gente levar, pra Ketlyn estudar. Quem sabe ajuda a melhorar o aplicativo – Peteco diz.

Ele tem razão.

– Segura aí então – Toni joga a sacola térmica.

Voltam para a laje de casa satisfeitos.

– Eu disse que daria certo – Ketlyn fala.

– Só deu certo por causa da minha pontaria – Peteco reivindica.

– Trabalho em equipe, irmão – Toni rebate, enquanto coloca o drone ao lado do notebook com a tela rachada.

Peteco abre o zíper da sacola térmica e quase não acredita, dois combos completos de Mc Lanche Feliz.

Pós-Sul

No começo, foi tranquilo. Chegaram uns catarina, uns paranaense, a gente recebeu bem, visse? Por aqui a gente sempre ajuda quem quer trabalhar. Agora que tá chovendo certo e dá de tudo, tem espaço pra todo mundo, né?

Depois até gaúcho começou a chegar. Parece que eles só saíram mesmo quando tava tudo esbagaçado. Coisa de apego com a terra, a gente que é da roça sabe bem como é, nosso pedaço no mundo, onde enterrou o umbigo, difícil ir simbora mesmo. Mas teve jeito não, os sulistas precisaram largar tudo e arrumar outro canto. Diz que foi por causa do aquecimento global, né? Até uns argentinos e uruguaios chegaram por aqui.

Parece que começou com Florianópolis, o mar subiu e a ilha tá quase toda debaixo d'água. Em Porto Alegre, a coisa foi feia também, encheu um rio que tem por lá, morreu até gente, e nem foi tanto por causa da água, parece que tava tudo contaminado.

Sei que ficou bem ruim pelas bandas do Sul, aí tiveram que se espalhar, né? Que podiam fazer? Não tinha como viver por lá. Então foram subindo, uns ficaram por Minas e Espírito Santo, outros entraram mais pro Centro-Oeste, uma parte se arribou pras bandas do Norte, mas a maioria veio mesmo de magote pra cá, que é onde o clima tá melhor. Pareciam boa gente, recebemos bem, né? Porque a gente já se espalhou em tempo de seca e sabe como é, tem que buscar novo chão pra sobreviver.

Os antigos diziam que o sertão ia virar mar, ninguém esperava era que o Sul virasse aquele barranco esturricado. Diz que ficou uma miséria só. E se não bastasse a seca braba, ainda faz um frio desgraçado o ano todo. Não tem tempo bom mais. Nada se cria, nem planta nem bicho. Mandaram uns vídeos no WhatsApp das carcaças do gado, fiquei triste de ver, porque alembrei do sofrimento que nosso povo passou por causa de seca.

Então a gente recebeu muito bem eles por aqui. Quem era da roça, se ajeitou pelas terras, tinha muito campo livre, eles construíram uns ranchos, são bons de trabalhar com madeira. E não são preguiçosos não, visse, num instante se arranjaram. Muitos tavam bem, plantando uvas no Vale do São Francisco, porque eles tinham a cultura da uva lá, né, então ajudou bastante na plantação.

Uns outros foram pra cidade, desses não sei dizer muito, só as notícias que chegaram por cá. Parece que não se deram muito. Se bem que o povo dessas capital são tudo cheio de nó pelas costas, num se ajeitam com ninguém. Não tava lá, então nem posso dar fé do que aconteceu. Falo por aqui, pelas minhas bandas, foi o que vi e juro, foi assim mesminho como tô contando.

Tava até bom, num sabe, porque aqui o trabalho é na parceria, todo mundo vai se ajudando. Então a gente achou que eles iam ajudar também. A gente gosta de festar, né, tudo a gente comemora, é nosso jeito. Quando dava fovoco de gente se rebulindo, nossos sanfoneiros convidavam os gaiteiros de lá, que é como eles chamam, pra dividir a cantoria, era milonga misturada com baião, bonito de ver que só. Eu, que sou besta pra chorar, ficava todo desaguado.

Ninguém imaginou que fosse virar o que virou. Quando nosso povo se mudou foi se ajeitando nos lugares que chegava, sempre trabalhando, fazendo as festinhas, aprendendo umas coisas novas, tem que se adaptar, né? Esses forasteiros que chegaram por aqui, em pouco tempo arranjaram problema. Nem entre eles se misturam, logo a gente foi assuntando que são esquisitos, vivem arengando, e se incomodam com a vida dos outros.

Até aí tudo bem, é da conta deles. Deu ruim mesmo quando começaram a mostrar os dentes, diziam pros filhos não se misturar com os "paraíbas", mesmo que estivessem morando no Maranhão ou em Sergipe. Aí começou a não prestar, não souberam se dar o respeito, viram a gente sempre sorrindo e achou que o povo era besta.

Eu mesmo logo vi que não ia prestar. Falei até com uns conhecidos, disse: compadres, esses sulistas tão muito folgados, vivem falando mal da terra, das nossas comidas, do nosso sotaque, olham pra gente como se tivessem o rei na barriga. Sei que perdeu a graça aqueles forasteiros por aqui, começaram a dar muita dor de cabeça, tudo queriam tirar vantagem, se achavam mais inteligentes e mais bonitos, não sabiam colaborar, só queriam o tanto deles e os outros que se lascassem. Não respeitaram nossa tradição e nossa história.

Começaram até a invadir as melhores terras, tavam pensando o quê? Que era igual que nem antes, que chegavam aqueles europeu fedido dizendo que eram donos e se apossavam do que não era deles? Aqui a gente é povo de respeito, eles se enganaram foi muito de pensar que nordestino é besta.

Foram eles que começaram a peleja, briga por terra. Dava bem pra dividir com todo mundo, eles que preferiram a encrenca. Se chamavam de Farroupilhos, com aquela fantasia de umas calças folgadas. Fizeram até uma bandeira: "Sul resiste". Era até engraçado, porque o Sul tá lá todo esbagaçado, não tem remendo que dê jeito, e esses abestalhados dizendo que Sul resiste.

A coisa pegou mesmo quando uns gaúchos mataram gente lá pras bandas do Cariri. Parecia briga de vizinho, mas os compadres descobriram que eles tavam de tramoia pra invadir as terras e tomar os governos, acredita nisso?

Sabe o que foi a gota d'água? Eles tentaram confiscar o milho, em vez de farinha de cuscuz, queriam fazer farinha fina pra polenta. Foi o fim da picada, mexeu com nosso cuscuz, mexeu com nosso brio. Aí, de lá pra cá, foi a bagaceira que todo mundo sabe. Morreu muita gente, dos dois lados. Mas na força do pirão e do cuscuz, com a bênção de Padre Cícero e Irmã Dulce, a gente conseguiu dar jeito. Os que não caíram na peixeira e na espingarda, os moleques da cidade pegaram com aquelas armas modernas de laser e coisa e tal, os que sobreviveram fugiram pros lados do Centro-Oeste.

Ouvi notícia de que no Mato Grosso os sulistas já tão causando problema. Tá tendo briga por causa do mate, os gaúchos dizem que é pra ser quente e lá eles gostam gelado. Chegou no WhatsApp uns áudios de uma tal Revolta do Tereré, parece que a coisa tá feia. Mas isso é problema deles agora.

Dia de branco

— O leite está gelado — engole, tentando dissimular a careta para fingir que é fina e não cuspir tudo no copo.

Wandna passa a mão no avental, aproxima-se sorridente, pega o copo, escorrega o indicador pela borda, afunda no leite de amêndoas, leva o dedo à boca.

— Está mesmo gelado.
— Isso são modos?
— Prefiro assim.
— Traga um novo copo, leite morno, como pedi.

Wandna leva o copo aos lábios, enche as bochechas com leite e engole, fazendo muito barulho.

— Ficou louca?

Wandna arrota.

— Já disse que prefiro assim.

A madame agarra o pulso de Wandna, enfia as unhas na pele fina. Antes que rompa e o sangue comece a tingir a superfície de rubro, Wanda reage. Joga o resto do leite na cara da madame.

— Prefiro assim, e não vou repetir outra vez.
— Como ousa? — respiração em descontrole, a madame passa a mão pelo rosto para tirar o excesso de leite de amêndoas. Borra a maquiagem. — Você não perde por esperar.

Os dedos da madame deslizam até o pulso, com o indicador aperta o botão lateral do relógio cravejado de cristais swarovskis.

— Levante e arrume essa bagunça — Wandna fala, colocando o copo na mesa.

A madame não consegue disfarçar, arregala os olhos. Quando Wandna vai se virar, sente o braço musculoso envolver o pescoço em um mata-leão.

– Dê um jeito nesse verme, veja o que ela fez.

Wandna se debate, não consegue se soltar dos braços de Adailton, quase dois metros de altura, largo e entroncado. Ele nem faz muita força, mas sufoca Wandna.

– Pode apertar mais forte – a madame grita eufórica.

Adailton obedece. Wandna tenta acertar cotoveladas nele, se debate, em vão. Movimentos cada vez mais lentos, até que Wandna parece ainda menor. A cabeça desfalece, apoiada no antebraço de Adailton, que larga o corpo magro no chão, ao lado da mesa de jantar.

– Depois te dou uma gratificação por isso – a madame enxuga o rosto com o guardanapo.

O riso estridente se espalha pelo porcelanato, ecoa nas paredes brancas, reverberando pelo teto. A gargalhada aumenta quando Wandna levanta tirando o avental. Joga na cara da madame.

– Limpe essa bagunça – Wandna interrompe a risada.

– Adailton, faça alguma coisa.

Ele agarra Wandna, segura o pescoço fino com as duas mãos. Ela coloca a língua para fora, estrebucha o corpo.

Os dois começam a rir, alto e mais alto.

– Devíamos estar na TV, amor – Wandna encosta a cabeça no peito de Adailton.

Ele empunha o queixo dela. É contrastante aquele homem brutamontes segurando de maneira tão delicada o rosto pequeno de Wandna. Adailton se aproxima dos lábios fartos, invade a boca de Wandna com a língua direta e incisiva.

Recostada na cadeira, a madame observa, estática.

– Tá com inveja? Tira o olho do meu homem, viu. Aposto que aquele desenxabido não sabe beijar essa sua boca murcha – Wandna provoca.

– Não ouviu o que a patroa falou? Coloque o avental e limpe a bagunça – Adailton diz, enquanto afaga a orelha de Wandna.

Wandna tira a touca, passa os dedos pelos cachos, devolvendo o volume aos cabelos. Atira a touca na mesa.

– E prenda esse cabelo, não quero nenhum desses fios oxigenados na minha comida.

– Tá esperando o que pra limpar a bagunça? – Adailton emposta a voz.

A madame nem se mexe, sem entender o que está acontecendo.

– Não temos o dia todo, e estou com fome – Adailton fala, pausado, enquanto afrouxa a gravata.

Ele tira o paletó, coloca no encosto de uma cadeira. Desabotoa os pulsos da camisa e arregaça as mangas. Enfim tira a gravata, leva a mão em direção à cadeira com o paletó, Wandna interrompe o movimento e pega a gravata.

– Vamos, se mexa. Ou prefere do jeito mais difícil?

A madame continua parada.

Wandna segura a gravata com as duas mãos, posiciona-se atrás da cadeira e envolve o pescoço da madame. Apesar de magra, Wandna tem muita força, sente uma excitação que faz formigar os músculos ao ver a cabeça da madame tão vermelha.

Adailton puxa uma cadeira e senta, tirando os sapatos com desleixo.

– Ai, cansei – Wandna afrouxa os dedos, largando a gravata. Segura o encosto da cadeira e derruba a madame, que escorrega no piso ao tentar levantar por causa do leite de amêndoas derramado.

Wandna chuta as costas da madame, ela cai com a cara no porcelanato. Sente a cabeça pressionada pela sapatilha preta.

– Vista o uniforme, limpe essa bagunça, depois sirva o jantar. E não tente nenhuma gracinha, entendeu? – Wandna tira o pé. – Ah, antes de ir pra cozinha, troque essa cadeira molhada de leite por uma limpa, hoje vou jantar de sinhá.

A porta de correr da cozinha se abre.

– O que aconteceu, mãe?
– Não está vendo?
– Era hoje!
– Nunca lembra de nada, Havanah. Sente que a madame vai limpar a bagunça e servir o jantar.
– Quero o sorvete do Noah de sobremesa.
– Ouviu, madame? A sinhazinha quer sorvete, aquele de creme de macadâmia, que era exclusivo do Noah, não esqueça, viu?

A madame está servindo o Häagen Dazs macadamia nut brittle para Havanah quando escuta a porta da sala abrir.

Larga o pote de sorvete sobre a mesa e corre até lá.

– Paulo, ligue para a polícia.
– Não adianta, está tudo tomado.

Ela chora enquanto abraça Noah.

– Aqui a missão também foi realizada com sucesso. Câmbio, desligo.

Ezequiel entra na sala, sem o uniforme de chofer.

0

Ser e não ser

Começa de maneira óbvia: Elizabeth, 34 anos, designer. Não gosta de ser chamada por apelidos ou reduções, nada de Bê, Tina, Beth, Eli, Liza, Florzinha nem Querida. Elizabeth. Altura medida em centímetros, o quais pouco importam; peso indefinido, mas considerada magra; cor bege desbotada, porém tratada como branca; cabelos escuros, e não importa o tom de escuro, inclusive podem ser loiros; olhos míopes; nariz com leve desvio de septo; boca sem atrativos, por isso dispensa qualquer adjetivo; dentes pequenos, com excesso de gengiva. Essas informações desnecessárias já são o suficiente.

O que importa mesmo é saber que Elizabeth sempre se considerou mais apta que os demais. Por não ser aceita nem amada, e para não assumir a própria limitação, passou a atribuir todos os problemas aos demais. Não era ela que não sabia se fazer compreensível, os outros que eram burros, e ela dizia assim: burros mesmo, sem qualquer pudor. Não era a falta de atrativos de ordem carnal que fazia com que ninguém, mulher, homem ou bicho, quisesse se aproximar dela, cheirar e provar o gosto; tinha até que alguns contornos e algo que poderia ser chamado beleza. Acontece que ela era, é, e sempre será, insossa, não provoca nenhuma reação, por inteiro fastiosa. Mas prefere se iludir que é criteriosa e que a solitude, como ela chama a solidão, é escolha das almas elevadas, que fingem nutrir o amor-próprio, esse platonismo que engana ninguém, a dividir a vida e aplacar as carências, que são muitas.

Desculpe esse falatório, é que Elizabeth me contamina. Ela é só isso: pedante, covarde e insegura. Para vocês, que gostam de se enganar, ela é inteligente e esforçada, ainda que cause certa comoção de pena. Para si mesma, é uma alma elevada, gênia mesmo, coitada.

Nossa personagem não tem amigos, nem suscita compaixão de querer chegar perto dela e oferecer um biscoito, muito menos causa ira para que percamos o controle e, aos gritos, digamos: vá tomar no cu, Elizabeth. Não, não provoca nada além de bocejos, por isso é até difícil escrever o que se passou. Peço paciência, é uma história óbvia, mas logo chegará um momento interessante, talvez o único momento interessante dos 34 anos, dois meses, seis dias, 12 horas, 23 minutos e sete segundos da existência de Elizabeth.

Antes de avançar, preciso contar um detalhe importante, nossa protagonista é designer freelancer, era boa demais para trabalhar numa agência, ser escravizada na frente de um computador, cumprindo demandas aquém de sua criatividade, inteligência e capacidade. Preferiu trabalhar por conta própria, home office, para ficar mais americano. E ela fantasia que está realizada, não se entregou à rotina de um escritório, rodeada de colegas babacas. Finge que está muito feliz trabalhando na quitinete, sem ver ninguém, sem jamais conhecer os clientes, passando o dia em frente ao computador. Muito feliz fazendo logos, ilustrações, diagramações e cartões de visita, manhã, tarde, noite, domingos e feriados. Ela está feliz, mente, e o mundo mais ainda, por ela ficar restrita à própria insignificância.

Bem, vamos ao que interessa. Aconteceu agora mesmo o fato, quando eu contar, você dirá: que bobagem, mas precisamos compreender pela ótica de Elizabeth, já sabemos de seus medos e motivações, então fica mais fácil não julgar. Nem precisa concordar com ela, talvez isso seja pedir muito, mas é necessário destacar: o que aconteceu foi demais para nossa personagem.

Menti quando disse que aconteceu agora. Foi agora para mim, que acompanhei tudo de perto. Para você, terá passado muito tempo, inclusive nem a própria Elizabeth lembrará, ou melhor, fingirá esquecer que naquela manhã, quase no final, ela tentava criar uma logo. Fazia tudo como em todos os outros dias: música instrumental, dicionário de símbolos do lado, página do Google aberta, concentração em nível máximo.

Na pausa para o almoço, antes de pedir alguma coisa pelo iFood, clicou num link para baixar um ebook de comidas veganas. Foi quando tudo aconteceu:

Não sou um robô

Bastava clicar e provar que era humana, sozinha em frente ao computador, mais uma como tantas e tantos outros. Era pra ser ação automática, mas, pela primeira vez, ela cometeu a imprudência de se questionar. Clicar naquele botão fazia dela humana? Que a fazia humana? Apertar um botão?

Calma, não tire consequências precipitadas, ela não se sentiu um robô por passar os dias realizando ações mecânicas e repetitivas enquanto se achava genial. Não foi isso. Seria óbvio demais, até mesmo para Elizabeth. Apesar de tola, ela não é tão burra.

Se clicasse no botão, teria que arcar com as consequências de não ser um robô, engrenagem automática, oca e repetitiva. Não ser um robô significava que ela deveria ser humana, e isso era demais.

Faltaram alguns centímetros para ela sucumbir ao vórtice da interrogação. Por sorte, era fraca, desistiu do download e fechou a página. Não correria esse risco de ser humana. Pegou o smartphone e decidiu pedir um Big Mac no lugar da salada de vegetais folhosos que costumava comer às quintas-feiras.

Fora do vidro

Nenhum carro disponível, foi a mensagem do aplicativo. Insistiu por mais alguns minutos. O resultado foi o mesmo.

Olhou o trajeto no Google Maps. Pouco mais de um quilômetro, previsão de 11 minutos de caminhada. Teria que ir andando, era a solução para não atrasar.

Saiu detrás das grades de segurança do prédio. O coração acelerou com o medo de estar na rua, à mercê de tanta violência. Respirou fundo, soltando o ar sem pressa, e outra vez. Ajeitou a bolsa a tiracolo e apressou os passos.

– Em quarenta metros, vire à esquerda – orientou a voz do aplicativo.

Deteve-se em frente à faixa de pedestres, 57 segundos para o verde. Ao lado, parou um homem, depois uma mulher, e mais outras pessoas que não conseguia identificar o gênero pela visão periférica. Fixou o olhar no semáforo, ainda 39 segundos. Os perfumes dos corpos ao redor se confundiam com os gases dos escapamentos e o cheiro quente que subia do asfalto. Aquela essência de rua destoava do ar-condicionado com aroma artificial de flores do campo que costumava sentir nos Ubers.

O ruído também era muito diferente do rádio ligado em volume baixo. Buzinas, conversas dos desconhecidos, as rodas e engrenagens dos automóveis, os passos nas calçadas.

Sentiu a coriza das axilas molhando o tecido da camisa. As mãos também umedecidas pela apreensão de estar na rua.

Enfim, verde.

Atravessou a faixa desviando de quem vinha na contramão. Em um momento de descuido, cruzou o olhar com uma mulher que esbarrou e não pediu desculpas. Os olhos dela eram incisivos, secos, inoportunos. Baixou a vista para desviar dela, encontrando as faixas brancas no asfalto.

Caminhou em desconfiança, sentia que todos observavam, feito câmeras de vigilância. Levantou os olhos, as calçadas estavam tomadas de pessoas, e elas eram assustadoras, tinham relevo, frente e verso. A carne era tridimensional e irregular, os rostos não sorriam, como os selfies da internet. Todas cansadas, ou com raiva, ou apáticas, ou bocejando.

Onde estava a energia positiva do Instagram? A conectividade do Facebook? A beleza e conforto do Pinterest? A descontração do TikTok? Aquelas pessoas eram estranhas, com feições desagradáveis. E o pior: se moviam. Tudo estava em movimento, pernas, braços, rodas das bicicletas, cachorros e velhas. Tudo se mexia de forma irregular, em trajetos desconhecidos, fora do controle.

Aquelas pessoas eram uma ameaça. Preferia observá-las em segurança, atrás das vitrines, fosse da tela do smartphone ou das janelas dos carros. Aquelas pessoas poderiam estar armadas, com facas, revólveres, estiletes, rancores. Aquelas pessoas tinham dedos, se moviam, e eram muitas. Aquelas pessoas eram desconhecidas e perigosas. Para onde iam? O que carregavam dentro das bolsas e mochilas?

A mancha úmida embaixo do braço aumentava. O frio incômodo se espalhava pelo tronco. A garganta contraiu ao desviar de um homem na calçada que estendia a mão suja segurando o papelão escrito: "tenho fome".

Não atentou para o semáforo na próxima esquina. Por sorte, o sinal estava verde. Precisava andar rápido, encontrar um lugar em segurança, atrás do vidro. Onde?

As mãos molhadas. Já não distinguia nada ao redor. Tudo se movia rápido demais. Acelerado. Ameaçador. Prédios. Carros. Pessoas. Céu. Chão. Queria o conforto da segurança inerte das fotografias.

– Olha pra frente, peste – gritou o entregador de comida, apressado em sua bicicleta.

Não conseguia pensar. O que fazer. Caminhou sem saber para onde. Nem ouviu quando a voz do aplicativo disse para virar à esquerda.

Distúrbio ficcional

– Qual é seu código de Identificação Global?
– 978-85-5547-049-3
– Sabe o motivo da detenção?
– Estava escrevendo, quando dois homens invadiram a quitinete. Se apresentaram como Vigilantes da Vida e disseram que eu seria conduzido pra uma triagem.
– Nem imagina o motivo?
– Durante a semana, recebi mensagens pelo WhatsApp, pra ligar no 188, que a ligação era gratuita. Daí surgiram esses homens, que mais pareciam bombeiros, e me trouxeram até aqui.
– Pretendia se matar esta noite?
– Eu? Não, desisti de me matar faz tempo.
– No histórico do Rastreamento de Suicidas Potenciais consta que, na última semana, fez várias buscas com temas relacionados a suicídio e, às 20h12 de hoje, pesquisou por formas rápidas de se matar. Por isso a equipe de emergência foi acionada, cumprindo o Protocolo de Valorização da Vida, trouxeram você pra uma avaliação.
– Só estava fazendo pesquisa pra um conto.
– Conto?
– Sou escritor, preciso de uma morte rápida pra escrever a história de uma velha sozinha que decide se suicidar.
– Então quer dizer que não pensava em se matar?
– Não, é só ficção.
– E você seria o personagem?

— Claro que não, autoficção caiu de moda. Agora tá voltando o narrador-onisciente. Chamam também de narrador-Deus.
— E você é Deus?
— A voz narrativa do conto é onisciente. Eu sou só o escritor.
— Escritor que ninguém conhece?
— É, somos vários.
— Você são vários?
— Sim. Quer dizer, somos vários os escritores que ninguém conhece.
— Humhum
— O que tanto anota?
— Só apontamentos.
— Também é escritor?
— Não, não, faço relatos técnicos.
— E o que está relatando?
— Nada demais, anotei aqui que se sente vários.
— Mas esses são os escritores. Está me confundindo.
— Fica confuso com frequência?
— Às vezes...
— Consegue descrever como se sente?
— Vem um monte de ideias, elas se misturam. É como ter várias vozes, sabe, falando na cabeça.
— O que essas vozes dizem?
— Histórias, elas contam histórias. Outro dia, escrevi sobre um casal que pesquisava tudo no Google, o bebê engasgou, o pai foi procurar na internet, estava sem sinal e eles não sabiam o que fazer. Eu precisava acabar a história, uma voz na cabeça disse: mate.
— Então a voz diz pra você matar?

– Não, foi só nesse conto. Matei o bebê.
– Como se sentiu quando o bebê morreu?
– Fiz o que precisava fazer. É triste, mas nem todos vingam, como disse Machado de Assis.
– É esse o nome da voz que manda você matar?
– Machado de Assis, mestre do Realismo, autor do célebre *Memórias Póstumas de Brás Cubas*.
– Então conversa com gente morta?
– Não, é o escritor.
– E essas memórias póstumas, são de quem? Você escreve algum tipo de psicografia? Livro espírita?
– Não, escrevo contos contemporâneos.
– Humhum.
– Já posso ir? Os gatos devem estar com fome.
– Você tem gatos?
– Tenho, dois. Will e John, eles são bem grandes, os maiores gatos que vi na vida. Will é o marrom, ele é vesgo e gordo; John é o amarelo, ele chora, tadinho, nasceu com um problema no olho. Na realidade digo que são meus, mas são do apartamento. Eu brinco que alugaram a quitinete pra mim.
– Então você mora numa quitinete alugada por dois gatos?
– Não, a quitinete é da Marina. Ela mudou e eu fiquei cuidando dos gatos. Ela paga a ração e a areia. Só cuido deles. Preciso ir, eles devem estar com fome.
– Espere, não levante. O enfermeiro já vem pra te acompanhar.

Terrorismo pacífico

Em 2019, chineses mascarados derrubaram os postes das câmeras de reconhecimento facial instalados pelo governo. Era um teste e tudo poderia ser solucionado se mais adeptos incidissem contra a vigilância pública, mas os manifestantes foram considerados arruaceiros, os vídeos da derrubada dos postes circularam pela internet. No Brasil, Vagner dos Santos, empreendedor e coach, riu. Ainda disse que chinês era tudo igual e comia carne de cachorro.

Pouco mais de dez anos depois, Vagner já não ri, nem o cinismo é capaz de fazer com que exponha os dentes. Tudo o que ele quer é passar desapercebido, sumir do mapa. Isso não é mais possível, as câmeras de vigilância estão por todos os lugares, não somente nos postes, como os que foram derrubados pelos chineses. Os drones de reconhecimento facial sobrevoam a cidade, feito pombas. O pior é que Vagner nem se lembra que riu em 2019 dos chineses derrubando os postes com as câmeras de vigilância. Agora está aí, cínico, cansado e não ri, como qualquer homem.

Hoje é quarta-feira, mais uma. Vagner teve uma ideia tola, enquanto comia a entrega do Uber Eats. Pegou o saco de papel reciclado que embalava o almoço e fez dois buracos. Antes de sair para o trabalho, colocou o saco na cabeça. Além de estar resguardado, a estampa no papel fazia ele se sentir real, um produto perecível e de rápido consumo.

Protegido pelo saco de papel, caminhou pela rua com um conforto que desconhecia. Anônimo, menos um na multidão, sem ser reconhecido pelo sistema. Apenas uma vida ordinária e ignorada, não um algoritmo no banco de dados do governo.

Em vez de ir ao trabalho, que consistia em fazer o quê? O mesmo discurso padronizado de foco e força de vontade. Vagner só queria desistir e isso, pela primeira vez, fez com que sentisse orgulho de si mesmo. Como se pudesse existir sem slogans, uma vida para nada. Sentou num banco da praça e observou. Não as pessoas, os passos apressados, os carros, a vegetação artificial, os letreiros de LED, os semáforos tecnológicos ou os pombos de vigilância. Observou o tempo, o cansaço, sentiu as vértebras, a dor na coluna, o peso no pescoço.

Estava em si mesmo e era tão bom não ter um rosto, poder existir sem a necessidade de chips de identificação, sentar e apreciar o concreto sujo. A tormenta da vida pareceu tão pacífica que Vagner teve vontade de deitar na grama e dormir. Há tanto tempo não sentia a real vontade de descanso, algo de estranho acontecia, e Vagner era incapaz de definir o quê.

Seria bom mesmo deitar na grama, e só não concretizou o desejo porque o drone de reconhecimento passou a voar baixo, ao redor da cabeça dele, zunindo feito mosquito.

– Perfil não identificado, favor olhar para o ponto vermelho no centro da câmera – o drone repetiu a mensagem automática.

Vagner se sentiu satisfeito, essa era a palavra. Satisfeito de não fazer parte daquilo, de não ser identificado, de não ser ninguém. Estava protegido e íntimo na sombra abafada do saco de papel.

– Perfil não identificado – o drone repetiu. – Mantenha o rosto livre de qualquer anteparo: óculos, máscaras, vendas e similares. Se o perfil não for identificado, sua segurança estará em risco.

Vagner poderia tirar o saco de papel, voltar a ser o que sempre foi. Isso não era mais possível. Estava ali, dentro de si mesmo, já não queria sair.

O drone de identificação emitiu o alerta, suspeita de terrorismo.

Vagner seguiu caminhando devagar, ignorando a aproximação dos drones-atiradores. Debaixo do saco de papel ele sorriu, ainda que ninguém visse.

Logout

– Que bom que veio.
Mariane sorri.
Como alguém pode demorar tanto na vida de outra? Claro que nunca houve maior aprofundamento, mas estiveram sempre por perto. Ficou na dúvida se seria impertinente o convite. Tentou. Mariane aceitou, sem fazer perguntas. É como se estivesse dentro do esperado.
Mariane quer saber se ela não tem medo.
– Qual menu escolheu? – diz.
– Frango com arroz e batata-frita.
Mariane ri, poderia pedir qualquer coisa, aspargos, alcaparras, ostras, faisão ou trufas italianas. Mas escolheu aquele prato ordinário e feliz: frango, arroz e batata-frita. Algo tão comum quando eram adolescentes. Mariane coça a ponta da orelha. Apesar de não admitir, sente inveja, era a melhor coisa que poderia pedir, lembrança de quando ainda serviam carne na praça de alimentação do shopping. Inveja da coragem.
– Então eles liberam carne na refeição da despedida?
– Acho justo, né?
– Há pelo menos uma década não como carne.
– Mesmo depois da proibição total do consumo, dava meus jeitos.
– Sempre foi assim...
– Como?
– Faz o que tem vontade.
– É, talvez.

Mariane passa a unha na toalha da mesa. Sente o leve tremor provocado pela textura da trama se espalhar pelo indicador.

– Está tudo certo, Mari. O apartamento já está no seu nome. O dinheiro será transferido pra sua conta.

– Não precisava, você sabe.

– É minha única amiga.

Mariane pensa no sentido da palavra amiga. Fica desconfortável, talvez não sinta tanto apreço assim para se considerar amiga, ou quem sabe seja o receio de sempre se sentir insuficiente. Se fossem amigas, iriam juntas. Se bem que tem as crianças, não poderia.

Mariane gostaria de saber como a amiga se sente. Sim, agora tem certeza, são amigas. Recua dentro do silêncio, não é algo que possa perguntar. Não por causa da amiga, sabe que ela responderia de maneira muito direta. O incômodo é por si mesma, tem medo das perguntas, porque obrigam a pensar em respostas, e pensar em qualquer esboço para aquela pergunta é chegar à mesma conclusão que a amiga encontrou.

– Você está muito bem – Mariane diz, tímida.

– O que digo de você, então? Sempre foi uma mulher radiante. Lembra daquele poema que escrevi pra você na escola?

– Lembro do sentido, não recordo das palavras.

– "como un perro/ yo fareo a mi deseo/ y lo encuentro en ti".

– Foi na aula de espanhol.

– Você não sabia o que significava perro.

– Eu não sabia de muitas coisas.

– Acho que foi naquele tempo que me rompi.

– Rompeu?
– Quando aprendi que desejar é castigo.
Mariane sabe que muitas coisas poderiam ser feitas, inclusive agora. Mas depois de tudo, melhor deixar que [   ] não sabe o que pensar ou dizer.
O garçom se aproxima com os pratos, coloca-os sobre a mesa em eco surdo. Aquele cheiro do passado, ali presente, invade Mariane e só piora a despedida.

Este livro foi composto em Meridien LT Std no papel
Pólen Soft para a Editora Moinhos enquanto *Natural
Mystic*, de Bob Marley & the Wailers tocava.

*

No Afeganistão, 20 anos depois,
o Talibã voltava a tomar o poder.

No Brasil, a cesta básica atingia valores
próximo ao de um salário mínimo.